沒有女人的女人們

溫泠

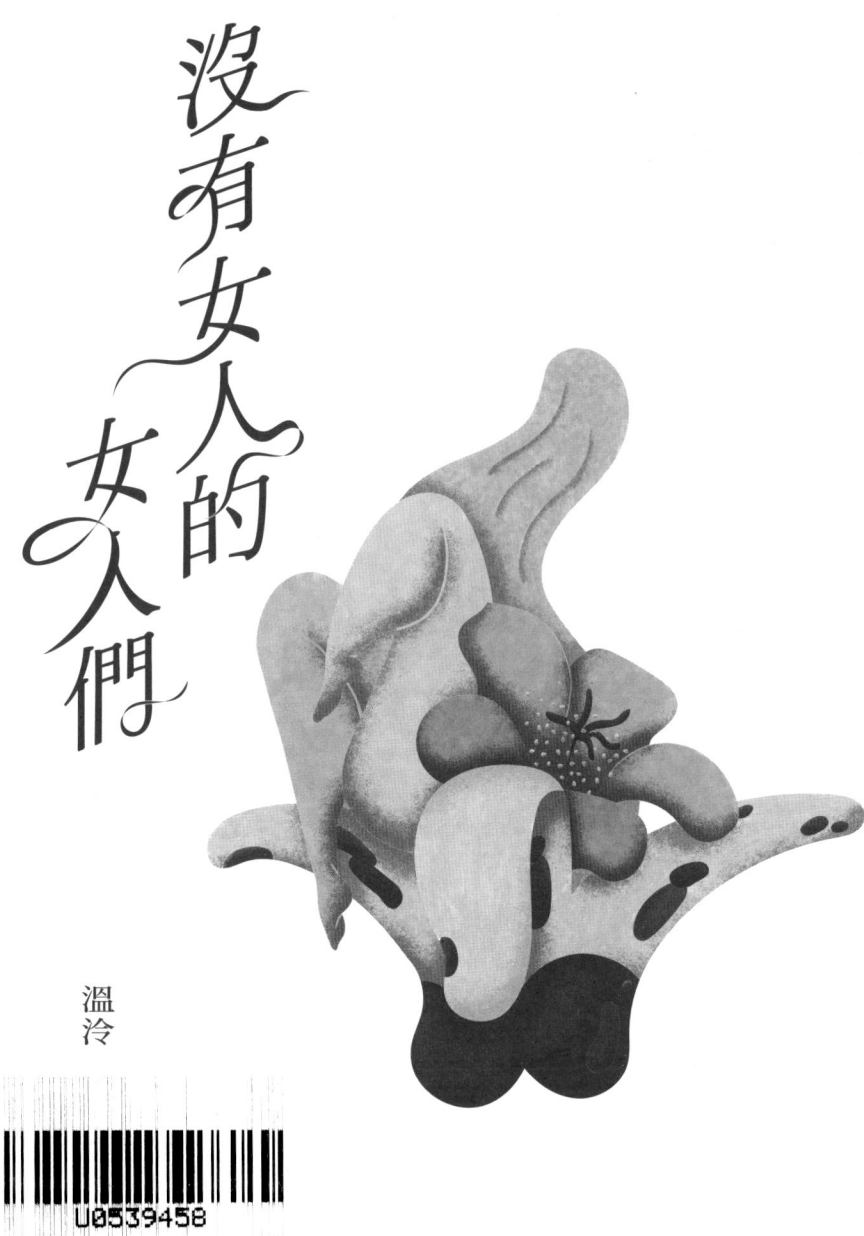

U0539458

在《沒有女人的女人們》中，「女人」是多層次的意義——生理特徵的、心理的、社會責任的……溫泠筆下的每一位女人，就像被社會沙石雕琢的石子，哪怕外表如昔，內心卻藏有無數裂縫。他們的故事濃縮了對現實世界的對抗。

——**林三維**（作家）

女同志作家多一個還是少！有一個就該挺一個！溫泠用颯戾又溫柔的筆，循若隱若現的模糊邊界撕碎女人的刻板標籤，寫盡女人同志間（既指同性戀也指志同道合的女人們）的愛恨糾葛。她的故事拒絕扁平，角色鮮活，有笑有淚，又痛又爽，活脫脫立體到讓你心動又心碎。從外在衝突到內心掙扎，每篇都像一把刀，剖開現實，提出刺骨的性別詰問。這書不只寫給女同圈，更該讓所有人讀到其中火花！

——**黃嘉瀛**（**藝術家、評論人**）

✧ ✧ ✧

溫泠最新小說集有意探索多種親密關係形式之可能，在當代臺灣，習俗與法律的變革、性別運動不斷鬆動既定疆界之外，自我認同的實踐、慾望與忠誠的辯證，仍舊纏繞著每個人的生活。溫泠小說仍可看出臺灣女同志小說的校園底色，但她不吝於自我突破。

——**楊佳嫻**（**清大中文系副教授、作家**）

推薦序——

性別拓寬與愛的考驗

張亦絢

看過一個外國推理影集，死亡的是小學年紀的跨性別女生（且稱為安妮）。警探懷疑在校園裡霸凌安妮的男童，但證據不吻合。追查到了尾聲，發現失手殺害安妮的，是一向保護她的哥哥。

原來，爸爸眼看安妮經常為此困擾，決心要帶安妮先搬離此處，去一個較友善或方便醫療的城市。這個消息，由安妮告訴哥哥時，哥哥卻崩潰了。哥哥覺得他也一直為安妮的處境努力，安妮卻對拆散家庭毫不在意，一心只歡慶自己會得到更好的照料，不顧慮他會不願「失去」爸爸。——結局震撼，在於哥哥的崩潰具有說服力，儘管未必是「對」的。安妮太自私嗎？性別多元雖好，周遭人是否也為其追求犧牲太多？我的答案都是否定的：安妮並不是太自私，問題也不在犧牲太多。

我重述這樣一個故事，是想延伸另一個角度：性別是比「歧視／反歧視」單軸更廣泛的複合主題。即便覺得自己「算很友善」、「身在其中」、或「研究很多」——都還是可能有盲點、困惑、矛盾。那麼，怎麼辦？閱讀溫泠的《沒有女人的女人們》是不錯的答案，因為它帶來許多「非單軸」的思索。

但在討論性別深度之前，我想先談談文風。一般來說，濃烈或枯淡，很快就會分別獲得喜愛。然而，兩端之間，還有些風格，在文學史中起起伏伏，並非毫無影響。前陣子，我偶然讀到凱特・蕭邦（Kate Chopin, 1851－1904）被選入文選的作品——我忍不住沉思，競技場上，「蕭邦體」恐怕會被認為企圖太明顯（失之過顯），但它難以取代的地位，卻也得歸功於作品中「義無反顧」的姿態。想到風格，福樓拜與斯湯達爾都會激發熱情，那莫泊桑呢？後來的風格王者往往很感激他。——蕭颯與西西早期有些作品，不到冷冽，潤澤也寡。感官來說，是重線條勝於其他一切。為甚麼？——我覺得這種美學，也該得到更多研究。同志文學，如果以白先勇與邱妙津為圓心，濃烈無疑。若以被老一輩同志深喜的郭良蕙《第三性》與淩煙的《失聲畫眉》起始，風景又不同。就連李元貞《青澀私語》當年被笑罵的「女人想長出陰莖」一節，今日來看，也會發現「遠非粗鄙，更似前鋒」。溫泠是九〇後的新世代——我之所以快速回顧，是因為意識到對風格採更開放的態度，有助於領會這本小說集的重要性。另一方面，溫泠的風格，也令我覺得頗有意思——其中有兼採、有雜糅，有近於蕭邦體的表現，有相當能駕馭基本功的〈木棉〉，還有令人眼睛大亮的〈丈夫〉。

〈丈夫〉首先令我想到，邱琪兒（Caryl Churchill, 1938–）在劇作《頂尖女孩》中描述過的「女教宗瓊安」。越來越多出土的資料顯示，現在可稱為「性別拓寬者」（以下簡稱「性寬」）的人物，不僅曾存在——甚至，還不乏藉「秘密推翻給定性別」取得社會地位，直到死亡，才被發現的例子。〈丈夫〉以真實審判為底，小說中的鞭刑也真實發生過。「女教宗瓊安」的真實性仍有爭議，但創作者重訪歷史或傳奇，與其說是不使邊緣失憶，勿寧說是透過暗地叛變，對照出父權荒謬頑固的秩序。女性曾幾被歷史抹除，若無奮鬥，我們原也以為

「乏善可陳」。同樣地，「性寬記憶」的湮滅也非必然。如果史有所載就不止一二，這表示，花木蘭並非孤例，而是族群。——學者指出歷史中「性寬者」比想像多，曾有活躍與多樣的生活——初初聽說，我也半信半疑。但證據持續出現，我們有理由相信，拒絕讓「性寬」進入視野與公共記憶，一如塗銷所有被壓迫者的歷史，是嚴重的錯誤且有虧正義。但〈丈夫〉絕非只有喚起歷史的意義，在破解女性性慾的諸多迷思上，也游刃有餘。

〈沒有女人的女人〉是我非常喜歡的一篇。看到爺爺給小孩喝加糖普洱茶，我簡直要笑出淚——正因「爺爺」不善育幼，他對小主角的守護，才份外動人。然而，這篇最厲害的並不只是，它用孩子非概念的低限語言，描繪了追愛不懈以致不留親職空間的「我的T媽媽」——這部分寫得很到位，但它之所以從頭到尾令人鼻酸，在於沒明說的部分：那個生命中最可信賴、最慈愛的人（爺爺），拒斥起同性戀來，力道可也一點不弱。——這或許仍是令若干同志陷落心理混亂的寫照。爺爺當然還是有愛心，不曾對孩子當面說同性戀的不是。然而，主角還是吸收了嚴峻的「拒愛」，夢到「同性戀，就是妳媽媽」會淚流滿面。——這段的張力異常複雜，溫泠處理起來，卻能一絲不亂。

「惡人恥笑同志」可怕，但可怕不過「善人不以同志為榮」。一反強調「同志亦父母」的陽光與教育路線，溫泠將同志從「以功績主義♠交換社會接納」的圈套中拔出。在同時，還能不迴避承認，在堅決的平等意識中，兒童的脆弱無辜——可說走了一回極其驚險漂亮的鋼索。

〈髮〉、〈Eshe〉、〈香水〉，約可歸為「女同志」的浮世戀曲。主角們多已沒有對同志身分的困惑，但進入關係，有進入關係後的艱難。〈香水〉裡是婚姻後的「開放式關係」、〈髮〉是小T成為異性戀婚姻中女人「連第三者都不是」的超地下戀人、〈Eshe〉表面是女同外遇舞蹈教練，繞異性婚姻一圈又出來，內裡揭露的是不那麼好觸碰的「同志生殖慾」。——這篇讓我想

♠ 「功績主義」並不一定展現在與教育或職業有關的領域。多貢獻者多權益，也是功績主義。

到〈傾城之戀〉，張愛玲想給手段未到駕馭婚姻的流蘇好結局，用戰火使柳原改性情，以使流蘇如願。〈Eshe〉裡的思穎懷孕，但男方外遇且不要小孩，思穎得以回頭找沛恩——小說給的希望就是，思穎與沛恩將得以養育思穎「出走的結晶」。不藉傳統受孕，同志如何增殖或連結子代？或說，何以為繼（寄／記）？這個主題，不生的異性戀也走過：寡（增殖）慾、書寫、藝術、科技、教育……等都被試用過。意外與實際的喜劇解決如小說所寫，並不壞——但更深的問題，還是在象徵層次，如何緩解壓力與提出處理慾望的方案。在重塑象徵同時，看見並陪伴「受象徵缺損所苦」的人們，可說是第一步。小說集中有兩篇，會把這個精神走得更加徹底。

〈單人病房〉（人工生殖）與〈木棉〉（性別重置）都牽涉備受關注的議題。兩篇節奏舒緩，「迴異生命體」彼此如星球靠近的氛圍，令人想到吳繼文的《天河撩亂》。性別拓寬的另一面，也是「愛的考驗」。（性別的）自我實現，過去是同志易孤立無援，再過去是自由女性腹背受敵。寂寞是歷史與政治的問題。這兩篇都出現「新的寂寞者」，還有他們的「扶持者」——故事之所以好，在於溫泠並不輕看「扶持者」初始的無所適從——能從意識的負數指標起跳，小說因此能夠具有特殊的浮力與流湧。

書名《沒有女人的女人們》，與海明威的《沒有女人的男人》形成對視——或許還包括村上春樹。性別辯證的遞嬗因此更為繁複。在〈木棉〉中，或許還有幽默解讀。《沒有女人的女人們》不僅守望與洞見變動中的性別象徵狀態——它其實也已著手修繕與改建。

新居即將落成，這多麼感人。

自序——

理解的門

電影《霍爾的移動城堡》裡，有一扇可以任意通往各個去處的門。門邊的轉盤一共有四個顏色。轉到不同顏色，打開門，就會抵達不同的所在。有了這樣一扇門，無論要去往何處、接近甚麼樣的人群、看見何種風景，都不過是一個轉盤的事。讓轉盤動起來吧。指針這一次指向哪個顏色，我們便前往何方。

之所以書寫《沒有女人的女人們》，或許正是為了打造這樣一扇門。寫成七篇短篇小說，門邊的轉盤即有了七種色彩，恰恰組成一道彩虹。轉到一個顏色，就去往那樣一個世界，透過不同人物的眼光，認知到關於活的各種姿態與形貌。門的指針不一定按意願旋轉，前方目的地盡是未知，而未知所允許的，是一種純然的好奇，以及從未預設的立場。

少了預設立場，理解便是可能的。既有理解，我們或可期待人與人之間更加真實的連結，而不僅是讓一切浮於表面，或者，也能避免出於成見而造成的人我之間的斷裂。可以說，渴望理解、也渴望被理解，正是《沒有女人的女人們》寫作的根本動機，也是書名之所以如此命名的原因——透過多元性別視角的書寫，這本小說集，即試圖和《沒有女人的男人們》建立對話的空間。

我是在大學時代接觸村上春樹的。回憶起來，對於村上春樹的作品，心底依舊有股近似於鄉愁的好感——憂鬱的筆觸、因著翻譯而顯得朦朧曖昧的語意，都讓這位作家筆下描繪的內在狀態，多了一種森林中水氣氤氳般的美感。我知道，在那樣青澀的年紀，自己幾乎不能不讀村上春樹。

然而我也明白，村上春樹筆下的女人，多半只是作品裡的象徵。作為本該具有主體性的存在，女人在他的小說中卻只成了功能性的符碼，她們現身於作品中的理由，只是為了成全男性的成長、啟蒙與幻滅。這一點，在其《沒有女人的男人們》中尤其明顯。小說裡的男人們，基本上都並不理解女人——或者說，他們只願意以自己一廂情願的方式去理解女人，真正促成彼此理解的對話，卻從來不曾發生。

我也因此回頭閱讀海明威的《沒有女人的男人》。小說一如書名，女人幾乎不在場，海明威深入刻劃的，泰半都是堅強而不需伴侶的男性形象。難得一見的女人，出現在〈白象般的山丘〉一作，但和村上春樹不同，女人在這篇小說裡擁有自己的聲音，並且不曾被故事裡其他男性角色恣意詮釋。兩本書雖則書名相同，在女性人物的處理上，卻有著顯而易見的區別。

即使如此，女人終究是在村上春樹的書名裡。縱然她是以「沒有」的狀態存在，在這部作品中，她仍舊反覆地被書寫——被書寫，卻不被理解。正如同我們現下的社會，女人或者他者不斷被人們討論，卻不被理解。在沒有理解的情況下，如何能夠建立以對等位置相互對話的關係？關係對等的基礎，是兩者皆為主體、互為主體，不因其中一方的性別、性向、種族、階級，而取消或否認對方的主體性。然而，不被認識的女人或他者，卻只被簡單地化約了，像〈獨立器官〉裡，男性角色對女性所下的評論：「所有的女性，與生俱來都擁有為了說謊而特別獨立的器官般的東西。……幾乎所有的女性都面不改色，聲音也毫不改變。為甚麼呢？因為那不是她，而是她所擁有的獨立器官自主進行的事情。」

因而，《沒有女人的女人們》，是對於讀者所提出的邀請。就像移動城堡裡的那扇門，邀請門前的人打開。敞開的門，或許可以讓門內的人見到新世界，可以對存在於門外、以不同狀態活著的人，多了幾分理解。也可能在門外，見到了熟悉景象，看見了自己的同路人、自己的映照，因而惺惺相惜。這七個世界的剖面，各自聚焦於不同的情感關係、不同的身分認同，以及個體在情感上的殊異需求。在相異的背景脈絡之下，性格迴異的人物在其中，與其社會環境和他人互動，作出各種決斷、採取各式行動，自然而然發展成眼前的故事。讀者只需打開那扇門，看一看。看見了，便會知道，過去被化約成扁平符號的人們，也不過是一個又一個有血有肉的個體，和你和我，無有不同。

當然，切合題旨自是必要的。這部短篇小說集，既題名為「沒有女人」，所寫的七則故事，自然都存在著各種形式的「沒有」。在海明威的作品裡面，角色的沒有女人，是不需要女人；村上春樹作品中的沒有女人，是面臨了情感的背叛與失落，從而失去了女人。在《沒有女人的女人們》中，既有不需要情感對象的角色，也有遭遇背叛者，但有更多，是在社會條件下不得不失去女人，或是主動地放棄、取消自身女人身分的人物——她們對於自己被賦予的性別，反覆提出質疑、詰問，最後或是擁抱、肯認，又或者實踐了自己心中真正認同的身分。

相較於沒有女人的男人，沒有女人的女人，似乎在意涵上又更曖昧了些——拜異性戀霸權之賜，前者似乎總能令人直接聯想到親密關係，後者則含括了除同性戀愛以外的更多可能性，不免令人疑猜，沒有了女人的女人，和她所沒有／失去的那個女人之間，存在著甚麼關係？又如何以「沒有」的狀態，描述兩人之間的關聯？不過，「沒有」一詞的妙趣就在於此：它可以是純粹的匱缺狀態，也可以指涉曾經的擁有或佔據。而關係本身，其實不是非得要成立於對某個對象或身分的佔有不可——它有時是成立於匱乏，也有時，是成立於不去擁有。

而對於此般複雜的種種，理解的門，從未上鎖。請讓轉盤轉動起來吧。

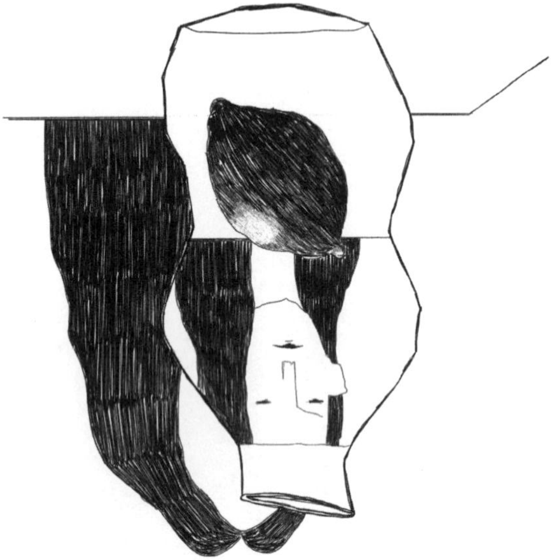

髮

自窗外灑落的陽光，映在亞淇穿梭在髮間的手指上。那並不是亞淇剛才進入若蘭的手，指尖上，只沾染了淡淡的護髮香氣。

交往以來，每次做愛後，若蘭總會將發熱的身軀靠在她身上，等待熱度和心跳漸趨和緩。在那樣的時候，她便會用手指，細細地梳開若蘭烏黑的頭髮。指尖會由最頂端滑落，毫無阻力地直抵髮尾，彷彿乘上一艘輕舟般，毫不費力地順著河水流下。

若蘭的一頭長髮已經留了許多年。她每個月都會上髮廊，做上一次頂級護髮，偶爾修整髮型。但她從來沒想過要剪短，更別說染燙。至少在她去亞淇店裡光顧的這段時日以來，她從未向她提過這類造型上的要求。

若蘭第一次踏進店裡時，亞淇正好站在店門口，目送染上新髮色、剛結完帳的客人離去。當時，她嘴裡還正提醒對方，整理上如有任何疑問，隨時可以和她聯繫——若蘭就是在那時候走上樓梯，推開店門的。兩人一對上眼，亞淇便帶著笑招呼她到櫃台，同時不動聲色地觀察她。她留有一頭相當漂亮的黑色長髮，襯得肌膚雪白，身上穿有剪裁俐落的米色短針織上衣，搭配淺色的斜紋短裙。提在手裡的粗織外套，和短裙是同樣色系。亞淇目測女人的年紀應該不到四十。

客人是初次來到店裡，並未指定設計師。店裡其他設計師都仍在忙碌，暫時只有亞淇有空檔。櫃台很快就替她做了安排。

她只要護髮，不要別的。櫃台這樣說。亞淇點頭，看過女人一眼，就知道她不會在那頭秀髮上動太大手腳。那保養得宜的髮質，任誰也捨不得親手破壞。

亞淇為她洗髮。女人靜靜地躺下，闔上眼，任水流游過自己的髮絲。亞淇的手在水中，長長的頭髮順著水流，數次攀纏上來。她抽開手，關上水源，在掌心起泡後撫上女人的髮根，以指腹在頭皮上溫和地搓揉。手指反覆穿插髮間，濃密的泡沫在其中隨之舞動。

她為女人做了四層護髮，補上最後一步驟的精華，再包覆毛巾烘熱。言談之間，她得知女人原先住在美國，最近剛搬回臺灣，透過友人介紹，才知道這家髮廊。她的住所離髮廊不算近，即使開車，車程也要將近半小時。即便如此，她也不願意就近隨意湊合。對於每個月都要養護一次的頭髮，她從不輕忽隨便。

全套護髮療程結束後，女人拿起擺放在鏡前許久的一塊西點，配著咖啡，一口一口送進嘴裡。亞淇端著另一面鏡子，站到女人的座椅後方，看見女人滿意地朝鏡中點了點頭，露出淺淺的微笑。

為了保持聯繫，亞淇將自己的通訊方式留給了對方，也遞上名片。名片上印的是亞淇的英文名字，Zia，淇亞。本名的逆寫。女人看著名片，細細端詳一陣，饒富磁性的嗓音輕聲念出Zia，發出相連但乾淨的兩個音節。亞淇不自覺地輕輕顫抖一下。通訊軟體上，女人用的則似乎是自己的本名：若蘭。

在那之後不久，亞淇收到了若蘭自通訊軟體捎來的訊息。她向亞淇預約下個月的護髮時間。亞淇要到第二個月，甚至第三個月之後才終於確認，若蘭幾乎每次都會在兩週前，事先安排好下一次的護髮時間。在若蘭規律地指名找亞淇護髮的幾個月間，她傳來訊息的日子，以及上髮廊的日子，逐漸變成亞淇生活中重要的時間刻度，彷彿記事上永恆的兩個繩結。

在若蘭找她護髮的第六個月，她事先請助理替她買了某間咖啡館的手沖咖啡。等若蘭洗好頭髮，包上毛巾，回到位置上坐下，助理便將咖啡遞給亞淇。

亞淇連同今日店裡新進的甜點一起放在若蘭面前。

「請妳喝。」亞淇笑道，緩緩解下她髮上的毛巾。

若蘭也笑起來，「啊，是這家。」

上次護髮時，若蘭提起一家近期鍾愛的咖啡館。那是她偶然發現的。那日，她為了送女兒上鋼琴課而開車出門，返家路上繞了別條路，想去買一家著名的歐式麵包，不經意發現了那家咖啡館。裝潢很基本，販售的咖啡品項也是常見的單品，味道和香氣卻意外地引人入迷，喝過一次就令人念念不忘。她也多次以毫無保留的口吻，向朋友推薦這家店的香醇咖啡。

「一個禮拜上一次鋼琴課，於是每個禮拜都會喝一次。如果有哪一週能喝上不只一次，大概會幸福得不得了吧。」

亞淇還記得若蘭那時是這麼說的。

「這樣一來，每個月預約護髮的那一週，就能喝到兩次囉。」亞淇在若蘭拿起咖啡時說道，一邊進行第一道護髮程序。

若蘭從鏡子裡看著她：「每個月？」

「是啊，」亞淇點頭，「每個月。」

若蘭若有所思地看著亞淇輕撫髮絲的手，隨後笑道：「那麼，護髮的日子，就是我每個月最幸福的日子了。」

亞淇稍微顫動了一下，卻並未停止手邊的動作。察覺若蘭的目光一直透過鏡子看著自己，她抬起臉來對上她的眼神，鎮定地笑了笑。

「改天來我家一起吃個飯吧。」若蘭邀請道。

亞淇堆著笑，以為若蘭的邀請不過是客套，便隨口應了聲好。但若蘭是認真的——離開前，她端著咖啡，轉身面向替她拉開玻璃門的亞淇。

「下個禮拜怎麼樣，來我家吃個午飯。妳下個禮拜有休假嗎？」

看著若蘭深刻的眼皮皺褶下，那雙誠摯得好似發了光的眼睛，亞淇一時之間不知該如何拒絕。她點頭說有。

「太好了。到時候見。」若蘭難得露齒而笑，揮了揮手，優雅地轉身下樓。

亞淇呆望著她的背影，頓了許久才帶上門，回到鏡台前服務下一位客人。

拜訪若蘭那日，亞淇久違地在休假日早起，騎了近三十分鐘的路，在正午前抵達若蘭所居住的社區。社區入口的正中央是管理室，兩側開放的通道，寬度恰好能讓轎車車身輕易經過。她在管理室前稍停，警衛透過小窗探出頭來。她告訴警衛自己是115號住戶的訪客。

在警衛通話時，她聽見了若蘭的聲音。柔暖而知性的嗓音，從擴音的話筒靜靜傳出：是的，請替她開門，謝謝。若蘭回應警衛的語氣，使亞淇想起第一次服務她時，她指定護髮項目的口吻：「是的，四加一式結構護髮，不需要別的，謝謝。」

警衛升起入口的柵欄。順著過道駛入大樓後方的車位後，她穿過中庭，走向大樓正門。電子鎖已經解開，她輕輕推開半掩的門扉，便看見若蘭坐在客廳另一頭的沙發上，正朝自己的方向緊盯。在落地窗透進的光線之下，她的髮絲躍動著飽滿的光澤，披垂在胸前，映襯那身紫羅蘭色的連身裙。似乎是和她慣穿的衣物一樣的針織材質，那件連身裙非常合身，包覆身體的同時也凸顯出她姣好的曲線。亞淇看著一時失神，直到若蘭露出笑臉，緩緩起身朝她走去，她才突然間緊張起來。

「謝謝妳專程來一趟。」若蘭站到她面前。

亞淇恢復原有的從容，搖頭，將收在背後的提袋遞給若蘭。

「小西點，順路買的。」

若蘭笑著接過，帶上門，領著亞淇走到另一側的廚房，放下提袋，將餐桌上的桌罩收起。桌面上已擺滿了各式菜色。兩人一坐下，若蘭隨即為她添飯，又夾菜到她碗裡。亞淇忙不迭道謝，立刻嚐了幾口。

「還合胃口吧？」若蘭問道。

亞淇點頭：「很好吃。」

「太好了。」若蘭笑了起來，安靜地喝了一口湯，又道：「好久沒有像這樣好好地吃一頓午飯了。」

「妳先生假日也不在家嗎？」亞淇問道。

若蘭搖頭，「他這陣子待在美國的分公司。因為調派的關係，今年我們全家搬回來臺灣，但他還是經常需要四處出差。」

亞淇表示理解地點了點頭。

「那妳呢？」若蘭反問。

她抬起臉來，不知所以地看著若蘭微笑的臉龐。

「Zia 妳，應該有女朋友吧？」

「咦？」

若蘭不好意思地笑了笑，語氣充滿歉意：「啊，是我誤會了嗎？妳喜歡的是男孩子？」

亞淇登時明白了她的意思，頓了頓，澄清道：「不是，我確實是和女孩子交往。但我目前沒有女朋友。」

若蘭的表情有些意外，明亮的眼睛瞪得渾圓。一時間，她看起來幾乎像是個二十多歲的少女，天真，並且對一切充滿好奇。

「還以為像 Zia 這樣的女孩子，一定已經有對象了呢。」若蘭說。

亞淇伸手撫上自己的脖子，難為情道：「沒有，我單身一年多了。」

她向若蘭提起距今最近的那一任女友。對方和她相差七歲，兩人交往時，對方還是大學生，除了固定的幾堂課以外，時間調度上一直很彈性。因此，即使亞淇的工作沒有週休二日，平日也少有連假，兩人要碰面約會，向來都不成問題。只是，亞淇能夠給她的陪伴，對她而言終究不夠多；大學生的時間，比起像她這樣的服務業，簡直是充裕到恣意浪費都無所謂的程度。再加上，前女友也和她一樣，都是屬於身邊不乏其他發展對象的人。長久下來，這些問題一直梗在兩人之間，終於導致其中一方做出實質的背叛，脆弱的感情就此破裂。

「是她先愛上別人的吧？」若蘭問道。

亞淇失笑：「為甚麼妳會這樣認為呢？說不定先背叛的人是我。」

若蘭抬眼看她。

「不知道，」她說，「就覺得不會是妳。」

亞淇望進她的眼眸。她想起和前女友交往期間，為了有更多時間相處，她總是在休假日早起。即便前一日工作到深夜才到家，隔日本該睡到過午，她仍是早早起床，騎著車，到女友的校舍接她，兩人再一起出門。

這樣想起來，她已經許久不曾在放假時特地早起了。分手後，縱使和朋友有約，也都是在下午或晚上聚會。基本上，下午一點以前的時段，她不開放任何邀約。但是，若蘭邀請午餐時，她並未拒絕，也沒有想過要更改時間——她不知道為甚麼，自己竟就這樣答應了。直到出門前一刻，她才意識到自己答應的緣由：若蘭既是一名妻子，也是一位母親，晚上的時段，應當都會留給家人。而她之於若蘭，不過是個外人，沒有甚麼立場插足一家人的晚餐時光。

飯後，若蘭帶亞淇參觀室內的擺設。二樓是主臥房，三樓是女兒的書房和臥室，她們索性從一樓搭電梯，直上四樓。四樓的室內裝潢走日式風格，整層皆採用和式地板，靠近電梯的一側擺設沙發和投影機，另一側則裝置黑色玻璃拉門，一拉開便是茶室，再過去就是落地窗陽台。

亞淇走進茶室，站在落地窗前。窗外直挺的黃花風鈴木已經盛開，鮮豔的金黃大把大把地佔據整座樹冠，在陽光下閃耀璀璨的光芒。

「開得很漂亮吧？」不覺間，若蘭已經走到她身旁，看著眼前的風鈴木說道：「三月初就開了，但等到全部盛開之後，花期就只剩下兩週了。如果沒有把握住盛開的週期，一轉眼就會錯過了。要是好不容易等到盛開，卻又碰上大雨，那就更慘了。所有的花都會在一夜之間凋零。」

「一年只開這一次嗎？」

「嗯，一年只開一次。」

若蘭一面答道，一面坐到茶室的榻榻米上，替兩人泡茶。亞淇見狀，也跟著坐了下來，從對面接過若蘭手中的陶製圓口茶杯。杯子外層的淺底色刷上淡淡的藍，裡頭則是和底色一樣的淺米色，盛著溫暖的淡金色薄茶。

亞淇低頭淺嚐一口，抬起臉來，發現若蘭正盯著自己。在兩人對上眼的剎那，若蘭笑了起來。

「我曾經和女孩子交往過喔。和妳一樣類型的女孩子。」

亞淇愣了一下，隨後問道：「妳是說T嗎？」

「對，」若蘭輕輕點頭，「兩個都是。」

「原來還跟兩個T交往過。」亞淇笑道。

「是啊，我和兩個T、一個男人交往過。那個男人就是我現在的先生。但是我發現，自己還是比較喜歡女孩子。」

亞淇頓了頓，沒有答話。若蘭仍舊直視著她的雙眼。初見那日，若蘭嘴裡輕聲唸出她名字而帶來的酥麻感，此刻再次湧遍她全身。

若蘭靜靜地站了起來，坐到她身旁。未及膝的針織裙在她跪坐時向內捲起，露出一截白皙的大腿。亞淇與若蘭的視線交會，兩人近得幾乎像是臉貼著臉。她下意識地屏住呼吸。

「Zia，妳叫甚麼名字？」

亞淇不知所以地看著若蘭那雙褐色眼眸。那裡倒映著她的臉。

若蘭又接著問道：「可不可以告訴我，妳的本名是甚麼？」

亞淇嚥了口口水。

「我叫亞淇。鄭亞淇。」

若蘭盯著她，淺淺地笑了起來。隨後，她別過臉，將頭輕輕靠在亞淇肩上。她的視線停留在窗外的風鈴木上，卻在亞淇猝不及防時，以接近氣音的細微聲音，蜻蜓點水般地輕輕喚出她的名字：「亞淇。」

亞淇沒有克制住自己，也來不及克制，事情就像一杯水無意間傾倒一般，只在短暫的幾秒鐘內發生——她低下頭，輕吻若蘭。

等到她回過神來，她的唇瓣已經離開若蘭的。若蘭伸長了手環住她，將臉靠在她的肩頭，深深地嗅聞她的頸脖。

亞淇聽見自己的聲音顫抖：「這樣好嗎？」

若蘭輕聲反問：「這種事，能分好壞嗎？」

亞淇沒有說話。

「如果要說壞的話，我想那應該是因為，除了愛情，我甚麼也不能給妳。」

聽見若蘭這麼說，亞淇心底突然明白了起來。這雖然是事情之所以壞的原因，卻也同時是事情之所以好的原因：她擁有了她的愛情。她就是她的愛情。她的愛情不在她的誓約之中，不在她的婚配之中——那寶貴的情感，她留給了她。

亞淇解開若蘭環抱的手，將她輕輕放倒在榻榻米上。她撐在她的上方，緩緩俯身，一面以舌尖探索她的唇和身體，一面以摩娑肌膚的手掌剝除她的衣裙。若蘭緊緊地扣住她的背，發出嬌弱的喘息，以纖細的請求和呻吟，引導她深入她的內裡。

兩人在夕陽餘暉下靜靜躺著。若蘭依偎在亞淇的胸口，一頭長髮披散在她的肩上。亞淇伸過手指，細緻地為她梳理頭髮，髮絲滑過傳來的陣陣涼冷，使她記起前一刻所感受到的潮濕溫熱。她的下腹為此再次緊縮起來。

此後，每當亞淇為若蘭洗髮和護髮，她總會因著髮絲與手指的緊密交纏，以及浸潤手指的濕氣和熱度，想起那將她深深吸入的甬道。她已捲入其中而不可自拔，無法逃脫，也沒想要逃脫。洗髮後，從若蘭高高盤起的頭髮下望見露出的頸部線條，亞淇的腦海中亦總是浮現若蘭背對她拱起身的畫面。脊骨從頸部一路延伸，在若蘭的背部一節一節突出，像一串珍珠。她會由上至下，親吻每一顆珠子。

在交往的第四個月，若蘭的丈夫回到了臺灣。兩人見面的次數難以避免地減少，從每週至少碰面一次，變成每個月最多兩次：有時是若蘭上髮廊護髮的日子，有時則是視情況另外約定的日子。丈夫在家的第一個月，亞淇帶著若蘭回到自己獨居的住處，而那是她第一次在若蘭身上聞見男人的氣味——她的頭髮上除了護髮素的香氣外，還多了一股淡淡的木質調味道。她試著更熱烈、更迫切地要她，激烈地尋求身體與身體的交融，希冀以自己的氣味，掩蓋若蘭身上那股木質調芳香——她一方面說服自己，若蘭必定是愛她的，否則何必冒著被發現的風險，也要與她會面？但另一方面，她卻又不斷嘲弄自己，她和她的丈夫，他們，才是合法夫妻。他們會在主臥室的雙人床上正大光明地與彼此交合，可是她，她就只能從會客的一樓搭乘電梯，直上四樓，越過這一家人真正生活的空間，在接待客人的茶室裡，在一個可以拉上黑色玻璃門的微小角落，偷偷地與這個家的女主人歡愛，並在入夜之前離去。

她不能再想，不能想得更多。她強迫自己專心，專注在自己的節奏和若蘭的呼吸上，直到將若蘭送達歡愉的彼處。

秋季來臨之際，若蘭的丈夫再次赴國外出差。自機場送別對方後，若蘭便邀亞淇在家裡見面。兩人一如往常在茶室裡做愛，結束後便躺在榻榻米上，披著外衣，裸著身子相依。窗外的風鈴木枝頭已不見幾個月前的絢爛金黃，取而代之的是滿樹的繁密綠葉，輕輕地隨風搖曳。若蘭剛搬進這棟樓宇時，窗外的風鈴木也是一樣的翠綠。她來到臺灣已經一年了。

「今晚就留下來過夜吧。」

亞淇聽見若蘭在耳邊輕聲提議。她轉向若蘭，表情顯得有些猶疑。她總以為，若蘭或許並不想讓女兒知道她的存在——畢竟，無論她的丈夫在不在臺灣，她都不曾在若蘭這裡留宿過。

亞淇不太確定地開口：「妳晚上會接女兒回家吧？明天也是週六，不用陪她嗎？」

若蘭盯著她看了一會兒，笑著點了點她的鼻尖。

「是呀，我會接她回家。我想讓妳們兩個認識認識。難得妳連續兩天休假，晚上就一起吃個飯，明天再一起出門走走。怎麼樣？」

亞淇有些詫異地看著她，「我以為妳不想讓她知道我。」

若蘭搖頭。

「怎麼會呢。讓她知道妳，我們才有更多時間可以相處啊。」

亞淇望進若蘭的眼眸，從中讀出全然的坦率，卻仍放不下心中的疑慮，開口問道：

「可是以前，妳都要我早些回去，不在這裡過夜的。」

若蘭愣了愣，隨即又笑了起來。

「妳忘了嗎？那時候妳都沒有連假的。我怎麼捨得妳隔日還要早起，從我這裡出門，趕著上班呢？」

聽見若蘭這麼說，亞淇方恍然明白對方的用意，頓時為自己的不安和懷疑感到羞赧。可同時，她心中卻依然有股揮之不去的焦躁，彷彿她漏掉了甚麼，彷彿有團礙眼的髮碎遮蔽了她的一部分視野，她明知道那團髮碎存在，明知道髮碎底下遮掩了某些重要的物事，卻沒有辦法掃除它。

向晚時分，亞淇跟著若蘭一同出門，到美術班接孩子下課。坐在副駕駛座上，她想起不久前，若蘭的丈夫還在臺灣時，無論是要去到她工作的店裡，或是要在其他地點碰面，若蘭多半都是開車前往。那時，她便會坐在副駕駛座的位置，指引路線，讓若蘭載著她前往任何想去的地方。在那樣的時刻，她總覺得這輛車好似為她和若蘭闢出了一個專屬於兩人的空間，在這裡，她們可以全然獨佔彼此，與世隔絕，與外無關。可此際，她卻突然意識到，這個空間從來不如她所想的那樣純粹——這不是專屬於她們的；只要若蘭願意，這個空間，隨時都可以有別人闖入。

若蘭將車停靠在路邊，打雙黃燈後下了車，走向對面的美術班教室。亞淇回了回神，從駕駛座一側的窗玻璃往外望，看見一名個頭嬌小的女孩，在師長陪同下蹦蹦跳跳地奔向若蘭。雙方簡短地交換了幾句話後，若蘭朝師長點了個頭，便帶著女兒走近轎車。

小女孩坐進車裡，若蘭也隨後坐上駕駛座。

「小堇，跟阿姨打招呼。」若蘭邊繫安全帶邊說道，又笑著轉向亞淇：「這是我女兒。」

「阿姨好。」稚嫩的女聲自後座響起。

亞淇轉過臉看她，笑了笑：「妳好。」

「叫她小堇就可以了，三色堇的堇。」若蘭發動車子，謹慎地駛上車道。

亞淇透過後照鏡觀察若蘭的女兒。若蘭曾和她提過，女兒今年剛滿九歲，正就讀小學三年級。雖然還未發育完全，但從她那張稚氣的臉孔，已經可以看出與若蘭相似的神韻——精緻的五官，白皙的皮膚，以及一頭濃厚的秀麗長髮，收束成高高的馬尾，輕晃時也閃動著隱約的光澤。但在辨認出與若蘭相仿的特徵時，她發現自己竟也在下意識地尋找她身上迥異於若蘭的部分：那些有別於若蘭的特質，是不是，便來自於另一個人？

「媽媽晚上做了妳最喜歡的玉子燒，等一下到家好好吃飯，休息一下再寫功課喔。」她聽見若蘭的聲音響起。

「不能明天再寫嗎？」小董問道。

「媽媽明天想帶小董出去玩。還是小董想要禮拜天再寫功課？」

小董安靜了會，而後答道：「那我今天寫好了。明天要去哪裡玩？」

若蘭笑著看了看亞淇，又瞄向後照鏡，「妳問問阿姨有沒有想去哪裡？」

「阿姨也要一起去嗎？」

「對呀，多一個人陪妳，這樣比較好玩對不對？」

小董沉默一陣。

「爸爸會回來和我們一起去嗎？」

亞淇的身子略微緊繃起來。雖然先前早有心理準備，知道孩子難免會提到父親，但此刻聽見小堇的提問，她還是無法不感到緊張。

「爸爸出國工作了，沒辦法陪我們。和阿姨一起去也會很好玩的。」

若蘭對小堇說話的口吻仍相當溫和。即使此刻正試著說服她，語句裡也並無一絲強硬的成分。

小堇沒有回應若蘭後面那一句話，只問道：「爸爸甚麼時候回來？」

「爸爸說他會回來和我們一起跨年。」

「Christmas 呢？爸爸 Christmas 不會回來？」小堇的語氣有著明顯失望。

若蘭苦笑道：「雖然不會回來，但是爸爸說不定會寄聖誕禮物給妳啊。」

小堇沮喪地看向窗外。在這段對話中，亞淇始終不曾開口，她知道，自己完全沒有介入的餘地。

若蘭試圖將小堇引導回原先的話題，詢問她有沒有任何想去的地方。明天出遊的目的地，已經不再是以亞淇的心意為主，而是以小堇的心情和意願為考量。

「小堇之前說想去動物園，不然我們明天就去動物園好不好？」若蘭有些抱歉地看向亞淇。亞淇放鬆地對若蘭笑了笑，若蘭卻突然伸過手來握住她的。她有些錯愕地看向後照鏡，深怕小堇注意到甚麼不對勁。但若蘭似乎認為這樣的舉動並無不妥，對此毫不介懷。

小堇轉過臉來，從後照鏡看著若蘭，彆扭地妥協道：「要去有水豚的那一個。」

「好，」若蘭放心地笑了：「我們明天就去看水豚。」

陪著小堇做完功課後，兩人離開小堇的書房，回到二樓的主臥室。若蘭自在地將衣物一件件褪下，走進浴室前又駐足在門口，看了亞淇一眼。

「要不要一起洗澡？」

若蘭疲憊的眼角仍帶有笑意。亞淇聞聲起身，走到她身後。

她躊躇一會，問出了在車上便一直想問的問題：「妳不怕小堇知道？」

若蘭那麼坦然地牽起她的手，這樣的舉動，難道不是太明顯了嗎？怕若蘭沒能聽明白，她又將話問得更完整些：「妳不怕她看出我們之間的關係？」

若蘭盯著她略有些嚴肅的面龐，輕笑了出聲，對她的戒慎恐懼似乎不以為意。

「這樣年紀的小孩子，能知道甚麼？」

亞淇聽出來，若蘭根本沒將小堇的在場當一回事。

「萬一她就是能看出來呢？」亞淇心底的焦躁再次蠢動起來。萬一她就是能看出來——若蘭會順勢讓後續可能發生的一切都發生嗎？亞淇的焦灼中摻雜著一絲絲連自己都不易覺察的興奮。

若蘭頓了頓，笑道，「她不會的。」看著亞淇，她又轉回原先的話題：「妳要不要進來一起洗？」

亞淇直視著她。她不能明白，為何若蘭能篤定小堇絕不會看出兩人的關係，對於自己的女兒，她就這麼有把握？

亞淇對著她搖了搖頭。

「妳好好洗個澡，放鬆一下吧。」她輕輕推了若蘭一把，婉拒了若蘭的邀請。

隔日，若蘭依照前一日說好的，和亞淇一同帶著小堇前往動物園。參觀途中，嬌小的小堇走在兩人之間，一手牽著亞淇，另一手牽著若蘭，亞淇才突然間意識到，如此牽著手一同行動的三人，在外人眼裡看來，正如普通的小家庭一般——這樣的認知使她飄飄然起來，幾乎踩不著地。整整一日，她都賣力地扮演好這個小家庭中如夫如父的角色，體貼若蘭、照料小堇，所有事情無分鉅細，皆無微不至。

三人直至傍晚才離開動物園，前赴餐廳用餐。在服務生為她們送上檸檬水後，若蘭便短暫離席，進了洗手間，留亞淇和小堇在餐桌上面對面坐著。

亞淇思忖了會，主動為兩人開了話題：「小堇玩得開心嗎？」

小堇興奮地點頭，「開心。下次還要找爸爸一起。」

亞淇尷尬地撐著笑臉，隨後又體諒似地問：

「妳很想念爸爸嗎？」

小堇沒有答話。沉默一會後，她說：「我不喜歡這裡。」

亞淇不解地皺起眉，「妳不喜歡這家餐廳？」

小堇率真地搖了搖頭。

「我不喜歡這邊的家。以前在美國的家，比較常可以看到爸爸。」

亞淇沒接她的話。她知道自己理應好言寬慰她，可是以她的立場，她實在做不到這樣的事。思量許久，她開口提出了一個從沒想過要問的問題：

「小堇，妳比較喜歡爸爸還是媽媽？」

小堇眨了眨眼睛看她。

「我都喜歡。」小堇說。

「如果妳只能選一個呢？」

小堇愣愣地看著她，小小的腦袋運轉不過來。她不明白為甚麼必須要在父親和母親之間做選擇——這兩者向來是一起的。爸爸和媽媽就是一起的。

亞淇沒有追問下去。不久後，小堇的餐點上桌，若蘭也剛好回到座位上。她一面盯著小堇用餐，一面和亞淇聊起別的話題，父親和母親之間的二選一，在餐桌上不再被提起。但是亞淇感覺得到，小堇困惑而不安的目光，從那一刻開始不時投向她身上。

亞淇和若蘭比以往更常同進同出。在亞淇堅持下，即使休假只有一天，她也經常留下來過夜，隔日再騎車前往髮廊。有時捨不得讓亞淇奔波，若蘭會開車接送她上下班，甚至好幾天都留她在家中。

聖誕節前一週，若蘭和亞淇去到大型超市，採買布置聖誕樹和家居的用品。察覺若蘭的神色有異，在商品櫃上拿下一瓶紅酒時，亞淇開口問道：

「怎麼了，妳看起來有點累。」

若蘭疲倦的臉上露出微笑。

「昨天哄小堇入睡，哄得太晚了。」

亞淇帶著笑看她：「那今晚換我哄妳睡吧。等小堇入睡以後。」

若蘭靜默了好一陣，推著裝滿商品的購物車，緩步穿過琳瑯滿目的走道。走出聖誕節特賣專區，繞進下一個商品區時，若蘭才緩慢地說道：「我想，在聖誕節到跨年這段期間，妳還是先不要來過夜好了。」

亞淇停下腳步，錯愕地問：「為甚麼？」

若蘭跟著停步，身子輕靠在購物車的握把上，低下頭看著推車裡的聖誕飾品，輕輕嘆了口氣。

「小堇昨天問我，我比較喜歡她和爸爸，還是比較喜歡妳。」

若蘭的話語剛剛落下，亞淇便渾身一僵。

「我向她解釋過，妳是我的好朋友，就像她在學校裡一起玩的女生一樣。」若蘭搖頭：「可是她竟然問我——我不知道她從哪裡學到這個詞的——她問我，妳是不是同性戀。」

亞淇看著若蘭蒼白的臉孔，故作鎮定道：「她知道同性戀是甚麼意思嗎？」

若蘭點了點頭。

「她說同性戀就是男生喜歡男生，女生喜歡女生。」

亞淇沉默了下來。

「所以妳告訴她了嗎？」

「沒有，」若蘭此刻才終於抬起臉來看她，「我告訴她，妳不是同性戀。」

亞淇訝異地瞪視著她。

若蘭稍稍別開視線，接著說道：「所以我想，從這禮拜開始，我們先慢慢恢復到一個月見面兩次的頻率。讓小堇不再起疑心。何況，他也快要回國了。」

男人預定回國的時間是十二月底。在男人回國以前，亞淇原先還有兩週左右的時間，可以和若蘭密切相處。她是抱持著這樣的打算的——再讓她放縱兩個星期，兩個星期過後，她就會說服自己，要謹守分際，要配合演出，要將自己的渴望與需求都壓縮至趨近於無，做一個體貼懂事的好情人。只要再給她兩個星期，她就能夠做到。她可以將這些天以來的甜蜜和幸福貯藏起來，在見不到若蘭的日子裡，陪伴她支撐過一天又一天的思念，熬過無法獨佔對方的痛苦。而她的配合，只要能換來若蘭的愧疚和疼愛，就值得。

可若蘭沒有如她所願。她甚至還冷酷地揭開了她一直以來都沒能看清的事實——直到這一刻，她才恍然明白，那使她焦慮無比、她一直無法掌握以致遺漏的物事，到底是甚麼。曾經遮蔽視野的那團髮碎，在此刻終被全然清除，她所能見的一切隨即開闊起來，無比清晰，卻也殘忍如斯。

從選購商品、結帳到上車，亞淇一直不發一語。直到兩人已相當接近若蘭的住處，亞淇才終於啟齒道：

「小堇說，你們以前在美國的時候，妳先生比較常在家。」

若蘭頓了頓。

「對。他那時候大概一兩個月出差一次，一次出去兩週左右。」

「妳在那時候有過別人嗎？」

若蘭的視線越過擋風玻璃，看著前方的路口。

「這重要嗎？」若蘭淡淡地回覆。

亞淇別過臉看向窗外。聽見若蘭這樣的回應，她心裡便有了答案。

「妳應該誠實地回答小菫，告訴她我確實是同性戀。」

亞淇本想這麼說，話到了嘴邊卻又止住了口。只要若蘭打死不認，她就永遠只是她的好朋友——她們之間是姊妹一般的情誼，而不是同性戀。她也絕不是一個愛女人的女人。她只是若蘭的閨密，手帕交，總之，是一個性別相同且無涉情慾的親密之人。只要若蘭情感投注的對象是女人，她就可以保全那食之無味棄之可惜的婚姻，同時享有愛戀的歡愉。即使被任何人發現一絲不對勁，也並無所謂。女人與女人之間，輕易就可以不被承認。所以若蘭真愛她嗎——她感到渾身發冷——她以為若蘭冒著風險也要與她親近，便是愛的證明，然而直至今日她才明白：親近她，根本沒有所謂風險。

她強迫自己冷靜，改口問道：「妳在美國交往的對象，也是T吧？妳之前說交往過兩個T，其實是在婚後發生的事，對吧？」

若蘭轉動方向盤，繞進巷子。直走到底就是社區了。

「我不懂為甚麼妳要問這個。來臺灣之前，我就和她們都分開了。可能也算不上分開，她們各自都有女友，恐怕從來就沒有愛過我。」

亞淇突然間哽咽起來。她略帶鼻音問道：「那妳愛過她們嗎？」

車輛駛進大樓後方的車位。若蘭停妥車，熄了火，解下自己和亞淇的安全帶，撫觸亞淇的臉。

「我當然愛過她們。這點我不會說謊。但是現在，我愛的人是妳。」

若蘭環住她的頸脖吻她。亞淇予以回應，卻再感受不到以往每次接觸所伴隨的熱切，只感覺若蘭冰涼細密的髮絲拂過她的肌膚，使一切不可逆地逐漸冷卻。她伸出手指，穿過若蘭的長髮，讓它們如同流沙般從指間墜落。

男人返臺後，在臺灣度過了農曆年節，又多待了兩週才離開。在男人離去的那日，亞淇再次來到若蘭家中，站在落地窗前，看著大樓外盛開的黃花風鈴木。一年只開一次的風鈴木黃花，近來卻在連日強風下紛紛墜落，除了樹冠，整座庭院的草地上也綴滿金黃，經受風吹日曬後逐漸枯萎腐爛。

她轉過身，輕輕挪開茶室的矮桌，像一年前她們的第一次，在榻榻米上和若蘭做愛。亞淇一邊深入若蘭，一邊撫觸她冰涼的髮絲，從髮根毫無阻礙地滑落至髮尾，回到髮根，滑落，又重回髮根，再滑落。若蘭發出輕微的呻吟，像針尖落在亞淇的心口上，傳來陣陣細緻的痛感。

結束後，若蘭側著身體，輕靠在亞淇身畔。亞淇仰臥著，感覺若蘭赤裸的胸口抵在自己的手臂上，高潮後的餘溫正逐漸褪去。她伸手梳開若蘭豐厚的頭髮。

「真捨不得。以後不能再找妳替我護髮了。」若蘭淡淡地說。

亞淇停下動作，收回自己的手，別過臉看她。

沒等亞淇將疑問問出口，若蘭筆直地迎上她的視線，說道：「我們要回美國了。」

亞淇愣愣地看著她，一時之間，無法做出任何回應。

稍早抵達若蘭住處時，她曾注意到茶室旁的投影機和其他擺設，都已消失無蹤。她沒有開口問若蘭，只硬生生將心底突如其來的念頭，一股腦全壓抑下去。饒是如此，那一閃而過的念頭還是成真了。

「這次他多留在臺灣兩週，為的就是這件事。陪我和小董辦好手續，他就先回美國。我們月底再過去和他會合。」

亞淇依舊說不出話來。

「這次回去，以後可能很難再回來了。大概會一直留在美國了吧？」

若蘭仍自顧自地說著。亞淇強忍翻騰不已的情緒，勉為其難地將字句從齒縫間擠出：

「那我呢？」

若蘭看著她，淺淺地笑起來。

「妳是自由的。一直都很自由。以後，想和誰在一起，就和誰在一起吧。」

若蘭的掌心貼著她的下顎，指尖輕輕碰觸她的臉，「我不能再愛妳了。」

一股強烈的冷意從亞淇的腳尖直竄到頭頂。

「妳不愛我了？」

若蘭輕輕搖頭。

「我只是不能再愛妳了。只是這樣而已。」

亞淇乾嚥了口口水。下一秒，她毅然推開若蘭的身體，站起身來穿上衣服。

若蘭跟著站了起來，「亞淇，不要這樣。」

不顧若蘭的懇求，亞淇拎起背包，走向電梯。若蘭伸手拉住她的手臂。

「亞淇，我們只剩下不到一個月的時間能相處了。也許這輩子，我們之間還能擁有的，就只剩下這一個月，未來就再也見不到面了。妳要這樣嗎？妳真的要這樣和我分開嗎？」

若蘭的質問猶如冰冷細密的髮絲，裹纏住亞淇後緊緊收束起來。亞淇知道，自己再也不可能掙脫。髮絲已經割破肌膚，嵌入內裡，只要再施加一點力道，她整個人，就會支離破碎。

「妳應該也知道的吧？妳知道我們總有一天會結束的。」

不，她不知道。儘管她曾有過懷疑，可她也確實一直存有想望，以為若蘭或許想讓她走進她和小堇的生活裡，甚至是成為這個家的一份子。直到她明白，若蘭會為了這樁婚姻，不惜欺騙她的孩子，告訴她，她是個異性戀女人——而異性戀的女人和女人之間，甚麼都不可能。所有的懷疑一下子就被打消；她的性別，為若蘭帶來與異性交往不可能實現的方便。她是一個對她的婚姻沒有任何威脅性的、純良的存在。一個無比便利的存在。

在這段關係中，她連第三者都不是。

她丟下背包，蹲下身縮成一團，無法克制地哭起來。若蘭站到她的身後，從背後擁住她，黝深的黑髮隨之滑落，披在亞淇身上，纏纏綿綿地將她覆住。

班機起飛那日，亞淇騎經社區，將車停在不遠處。站在社區外頭，看不見那棵佇立在庭院中的黃花風鈴木。但她知道，樹上的花早已全數凋零。

在原地待上好一陣，亞淇又回到店裡上班。她一整日忙進忙出，替幾位熟客調出不同染劑的顏色，細膩地上色、修剪，一路忙到接近打烊時分，又接下另一位臨時到訪的客人。櫃台告訴她，對方只想做護髮，其他的項目都不需要。

亞淇猛然轉過臉看向客人。眼前的人不是若蘭——當然不是若蘭。亞淇回過神來，露出職業性的笑容，朝客人點了點頭，領著她，走到空下的鏡台前落座。

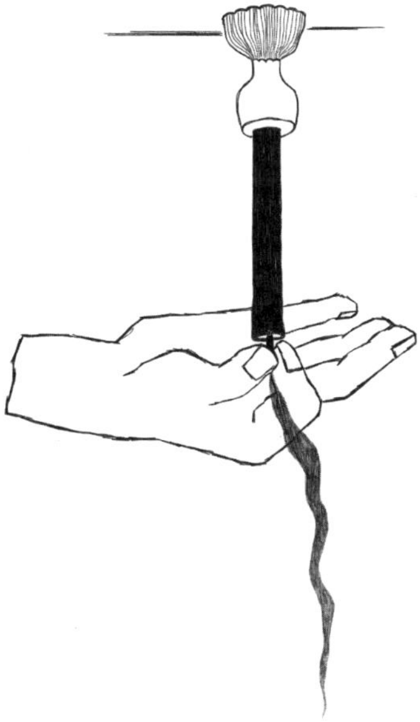

沒有女人的女人

自從爺爺去世的那一天起，我再也沒有叫過她媽媽。

也許對她來說，沒有我的存在，或，不曾發生過那段錯誤的婚姻，她的人生，無論如何都將更幸福美滿。她對愛的渴望一直濃烈深邃，像一口深不見底的井，往內一望所見的只是深淵。即使我再如何給予，再如何掏空自己，都始終無法填滿她無底的黑洞。

我卻要到很久很久以後，才終於明白這件事。

五歲那年，我的父母親離了婚。不知出於何故，我被留給了我的母親撫養。年紀尚幼的我是如此稚嫩，稚嫩得無從知曉，一個母親在一般定義與世俗期待上，應該要是甚麼樣子。假若當時我便知道，我所身處的俗世是如何看待一位母親，那麼我就會理解，我的母親，無論從何種層面來看，她都是不合格的。

然而，彼時我總以為，母親的所作所為，必然是因為我做了甚麼，或沒有做了甚麼的緣故。有很長一段時間，我為此深深自責，並盡可能地讓自己做到盡善盡美，逐漸地長成了一個從不犯錯的孩子。

✧ ✧ ✧

在父母親剛分開的頭幾年，大部分時間，照顧我的人都不是母親，而是我的爺爺——比起叫他外公，我更願意稱呼他為爺爺。那時候，只要到了放學時刻，爺爺便會在校門口等我。他會牽起我的手，帶著我一路漫步，回到他獨自居住的住所。在我用過晚飯，做完功課之後，母親才會出現，接我回去她賃居的公寓。

我還記得，爺爺獨自居住的地方，是一幢獨棟的日式老平房。童年裡的大半時光，我都是在那裡度過的。平房在狹窄的巷弄裡頭，散步回去的傍晚，總有植栽從沿途的圍牆探出頭來，映下長長的影子。有時候我踩著那些影子，有時候則踩著細細碎碎的落葉，引得腳下沙沙作響。那樣的時候，爺爺是不說話的。他只是靜靜地牽著我走，推開家門，邁進庭院。進門之前，倘若聞見花香，那便是爺爺在門口種植的山茶花開了。記得第一次見著時，我將那些植栽誤認作玫瑰，出聲指認，爺爺才輕聲告訴我，那是山茶。

印象中，山茶花多在冬春兩季綻放。豔紅，粉紅，透白的，星叢般綴在綠葉上，未入家門便能聞見芬芳。

而踏入玄關之後，總還有茶香。茶香是一年四季都有的。當我盤坐在客廳木地板上埋首寫字時，爺爺經常替我沏一杯茶，伴我讀書。雪白的薄胎瓷杯裡盛著紅潤如玉的普洱，細聞之下還有糖香。我便在瀰漫淡淡清香的室內做完一日功課。等到牆面上懸掛的鐘面，指針逐漸指向晚間八點，母親便會現身，接我離開。週日的早晨，有時用過早飯，母親也會再送我到爺爺家，留我在那裡，度完一天假日。也有的時候，週六晚間做完功課，母親仍不來，僅打來一通電話，讓我留在爺爺住處過夜，過完了假日，才接我走。

對那時的我來說，和爺爺一起，並無不好。爺爺是很靜的人，而多數時候，我也喜歡和爺爺靜靜待著，偶爾陪他下棋。相比之下，母親的性格，和爺爺幾乎是大相逕庭的。她喜歡熱鬧，交遊廣闊，也成天往外跑。有時我們回家，家裡甚至還會有她的朋友在。她們通常都是與母親年齡相仿的年輕女子，蓄著長髮，體型纖細，有的踩著跟鞋便高過我母親。我見過許多個，偶爾會在比較長的一段時間內，重複見到同一個人，可一段時日過後，往往又會換成不同的人。無論換作了誰，只要和母親站在一起，她們原先柔弱的形象，就會顯得愈發鮮明，神貌、姿態皆柔情似水，襯得我的母親，彷彿，並不是個女性。每當我看著母親和她身畔的女子，我總會感覺到某種異樣的東西，只是當時，我並無法指認那是甚麼。

✧ ✧ ✧

自我有記憶以來，母親從來就不留長髮。再長也從不過肩。她在國中當老師，可學校裡的女老師，全沒有一個像她那樣子，總是留著短髮，要不就是留著嬉皮那樣的中長髮，讓髮絲蓬鬆地散在頸脖。她也從不穿裙。即使碰上正式場合，得穿全套西裝，她的下身也還是褲裝。她的衣櫃裡全無一件像一般女子會穿的衣物。

母親身上所缺乏的特質，往往，都強烈地顯現在隨她回家的友人身上。她的那些友人，都待我很好；她們會讚許我，說我長得像母親，有著同樣一對略帶英氣的劍眉，雙眼炯炯有神。來拜訪母親時，也通常會為我帶一份點心，或者禮物，有時出手甚至很大方，送的盡是一些昂貴的進口文具，或者精緻得令我捨不得挪開視線的洋裝。相較之下，我的母親則鮮少為我買些甚麼。她們彷彿知情似的，那些餽贈，總令我感覺，她們是有意要代我的母親，對我做出一些彌補。

她們都是很好的大人。可這些很好的大人，卻往往在關起門來，只有彼此的時候，變得面目猙獰。

我不只一次聽過母親和她的友人起爭執。

從那些爭執之中，我逐漸聽明白一些事。比如，母親和她的朋友之間，關係其實並不一般。她們之間，其實更近似於我的父親和母親之間的關係。還有一次，我聽見母親的一位友人說，她不可能一輩子和她過這種同性戀的日子，她早晚，都還是要嫁人的。

那次爭吵隔日，我趁著做完功課，爺爺仍坐在我對面斟茶時，小心翼翼地探問道：

「爺爺，甚麼是同性戀？」

爺爺愣了一愣，放下手裡的茶具，看著我許久。

後來，爺爺並沒有回答我。

在我懂事以後，我曾做過一個夢。夢裡，我站在一道漫漫長廊上，而爺爺仍如同我印象中那般健朗，直挺挺地站在我身畔。我勾住他粗糙厚實的手，才發現自己回到了五六歲的模樣，身高甚至不及他的腰。而我們所在的地方，正是爺爺的家。

背景傳來指針滴答行走的聲響，和室裡，古老的鐘仍勉力與時間競走，試圖趕上時間而不越過時間。我想起來，我們原來正在等待我的母親到來。她應該要來接我走的，卻遲遲不見人影。

我們為甚麼非要等待她不可？在那一刻，我突然感覺，這一切像極了一場審判：要我，或者不要我。可明明我們都知道，倘若必須選擇，她必然會捨我而取其他，毫無懸念。她對我，從來就沒有任何眷戀。這是一場令人驚懼，卻終究沒有意義的審判——結果從一開始便昭然若揭。

等候時，我稚嫩而纖細的聲音自單薄的身體發出：

「爺爺，甚麼是同性戀？」

爺爺頓了一會，最後只是搖頭。搖頭的意思是甚麼？是不知道，抑或是否認？還是，爺爺並不曉得該如何向我解釋，於是，只能搖頭？

我們沒有等到母親。長廊突然開始旋轉，扭曲。和室中懸掛的老時鐘變得非常巨大，鐘面的數字逐一掉落，指針卻持續在走。爺爺的手漸漸變得冰冷，直到整個人慢慢萎縮塌陷，變成一個比我還更矮小的侏儒，再慢慢慢消失不見，像露水一樣蒸發。我的手臂空懸在原處，還不及做出任何反應，便被長廊和數字摺疊進去，整個人像卷軸一樣被捲起來。

「同性戀就是，妳媽媽。」

我被狠狠地拋擲出去，像一隻玻璃水杯，硬生生朝牆壁扔去。撞擊剎那，夢境應聲粉碎。

我在瞬間驚醒，才發現自己滿臉是淚。

✧ ✧ ✧

在父母親離婚的時候，我並不清楚，自己為甚麼被留給了母親。後來，我想到的可能原因之一，是我的父親，極度地表明他不願意撫養我——因為，正如同那些女人所說的，我長得，非常像我的母親。在他們決定離婚之際，對於他名義上的妻子，我想，父親心裡，應只剩下滿滿的厭憎與憤怒。

正式離婚之前，他們曾經有過最後一次旅行。

事後回想起來，那也許是父親為了挽救這段婚姻，所做的最後一次努力。

我記得那一日，他們載著我出門，父親在駕駛座上，母親則坐在副駕駛座，而我獨自一人留在後座。當時天空微陰，剛啟程不多久，雲層便漸漸聚攏，下起了滂沱大雨。一路上，雨勢全然不見稍歇，可父親仍執意前行。看著雨水一拳拳憤怒地揍及路面及擋風玻璃，我曾幾度以為，車窗將要碎裂開來，大雨也將趁勢淹進，而我們，就會在淹得越來越高卻不肯掉頭的車裡，一同死去。我不知道父親怎麼想的，不知道母親怎麼想的，那麼大的雨，前方視線所及只能看到幾公尺內的距離，而在這段距離中，所見的仍都只是一片霧茫的雨；我不知道，在這樣的光景裡，前座一路沉默的父親和母親，各自都看到了甚麼。

父親頭也不回地讓車往上爬坡。往上，再往上，直到路越來越窄，我們連同車沿著山路旋進一座森林裡。放緩的車速在森林裡終於歸零，父親的聲音在碎落大雨之間自胸口低低發出，我在穿梭的語句裡聽見母親友人的名字，聽見父親惡意的咒罵，他解開安全帶將整個身子俯向母親，重重搖晃她的肩膀，被母親使勁推開後，又伸手揪扯住她的頭髮。

他們兩人，就在我以為窗即將被大雨打碎的車裡，扭打起來。

我渾身一顫，旋即打開車門，跳下了車，在傾盆大雨中不斷奔逃。窗戶就要碎裂，雨水會淹進來，但那都不打緊。如果繼續留在那裡，在雨水淹過我之前，我便會死去。那是我唯一知道的事。

闖入森林深處時，我已經渾身濕透，整個人像連同森林浸在海洋裡面似的。我感覺整個世界已經傾覆了：地球已經偏離了軌道，引力失衡，海水高高地、高高地捲了上來，把整塊陸地都包覆進去，海洋生物會佔領一切可觸可及之處，藤壺和所有貝類會攀滿每棟住宅，大體型的魚種在其中穿梭，巨大的八爪章魚一開口，便把人類都給吞了進去。

我站在原地，動也不動。片刻之後，卻看見眼前每一棵樹的樹幹上，都浮現了一張張臉。

我站到樹幹前方，仔細端詳那一張又一張的臉。有的臉平靜，溫煦目光筆直落在我身上，露出坦然笑容，就像我的爺爺。有的臉憤怒，如同我的父親，整團皺起像揉在手心裡的廢紙。有的臉哭泣，如同母親，出於悲傷，樹皮深刻的紋理幾乎都張裂開來。我還看到父親愉快的表情，母親憂鬱的面龐，爺爺沉靜的臉孔，像蒐集各種形狀的落葉一般，我穿過樹林瀏覽每一張臉，卻突然發現，這裡面，所有人的表情都齊全，唯獨，沒有我自己的臉。

找不到自己的臉，母親卻在那一刻出現並喊住我，撐著傘向我走來。她把渾身上下都浸過水的我一把抱起，一手圈著我，一手支撐著傘，朝樹林另一頭走去。

我們並未回到車上。離開那座森林之後，母親找到最近的一條山路，待雨小了，便放我下來行走。我伸手勾住她的小拇指，跟在她身後，一路走走停停，直到母親招到一台車，載我們下山。

我在母親抱住自己的時候，指著沿路的樹幹，說，原來樹是有臉的。並長得和你們那麼相像。

母親搖頭，僅沉默地流下安靜的眼淚，像一滴雨水，緩緩地從樹葉的葉脈滑過，悠悠流向葉片尖端，極慢卻極為堅定地，往下墜落。在那樣一刻，母親彷彿化作了一棵我剛才看過的、有著她臉孔的樹。

✧ ✧ ✧

我以為，在他們兩人離婚之後，我就不會再看見母親這樣的臉。兩人剛剛分開的時候，母親的愁容便少了許多，也比以往更常笑了。那段時日，母親也和她的友人相處融洽，偶爾小打小鬧，時有親暱之舉——我曾看見母親伸手環抱對方，也曾撞見母親在友人為我們下廚或清理廚房時，從背後予以擁抱，低頭親吻對方後頸的碎髮。

母親並不避諱我的存在，也不避諱我的目光。

可是後來，無論來的人是誰，也無論她們的互動持續了多久，總會有那麼一天，我會開始聽見她們有了零星的爭吵，嚴重的程度隨著時日變本加厲，就連和好也變得困難。言語的衝突只是序幕，緊接著的還有肢體上的——我會聽見物品被摔碎的聲音，聽見房門被大力甩上的巨響，還有指責對方動粗的厲聲尖叫。

記得有一次，在劇烈的爭執稍歇以後，我悄悄離開房間，卻發現母親的房門並未關上。半掩的門可以揭露的事情有太多。我站在自己的房間門口，母親房間的正對面，從門縫裡看見打碎散亂在地的化妝瓶罐、水杯、時鐘，以及翻

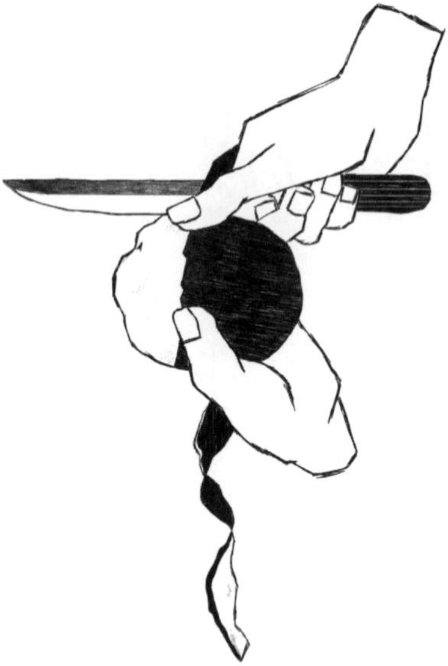

倒甚至斷了腳的椅子。我還看見母親跪在床邊地板上，手裡緊緊抓住一把刀。妳不要走好不好，不要走——她這樣哭著對友人說——友人坐在她對面的床沿，試圖解開她的手。她要母親放下那把刀。

愛原來是非生即死的事，是激烈的事，我從母親身上懂得了。

在那之後，發生過不只一次，當一位常見的友人不再到家裡來，母親便會頓失意志，連請好幾天假，班都不肯去上。她忘了送我去上學，校方打電話來，她又替我將我的假一併請了。待在家裡，我無事可做，只得終日陪著她，她有時竟還會輕喚我名字，說，不如就這樣，就這樣好了。活著也沒有意思。

活著也沒有意思，我不知道這話意味著甚麼，心中卻升起一陣驚怖，便說，我想去看爺爺。

有時，她會轉而醒覺過來，再次振作。可大部分時候並不，她彷彿甚麼也沒有聽見似的，又渾渾噩噩將自己關進房間。我怕她餓，自己也已經很餓，就去廚房裡，從冰箱翻出水果或先前煮好的剩菜，填飽肚子以後又送進房間，給她果腹。她的房間亂了，滿地都是摔碎的東西或髒衣，我便慢慢地替她清。總是這樣。總是要這樣熬過了一兩個月，一切事物才能再逐漸回到常軌。

印象最深的一次，是在我小學五年級的時候。當時，和母親來往已有兩年的友人，終於不再來訪。看著母親日漸消沉，我心裡有數，便連續幾日，在返家時央母親多買些經放的食物回去。母親照我的話做了，行屍走肉一般，對食物沒有主張，由著我決定。

而在那一夜，當我們返家以後，母親進了浴室許久，都沒有出來。

我感到格外不安，遂到門外喚她。沒聽見她應聲，便又接著敲門。敲了門，毫無回應，又再試著旋開門把，門卻已經上了鎖。那一刻，我不知怎地渾身發冷。

我隨即奔向客廳，撥了電話給爺爺。

不久，爺爺帶著鎖匠來找我。他讓鎖匠開了浴室的門，而一直沒有回應的母親，正衣著完好地躺在染血的磁磚地板上。血仍不斷地從她的手腕湧出，流過地板，一路蔓延到浴室門口，我們所站立的地方。

我僵在原地無法動彈。不知道後來誰叫了救護車，爺爺拉著我，在母親被抬上擔架後跟著上車，刺耳的鳴笛聲在耳邊轟隆作響，我看著母親，腦袋裡全是浴室地板滿是鮮血的畫面。

母親會死嗎？

一路上，爺爺一直握住我的手。母親很快被送進了急診室。

手術結束後，爺爺和我隨著醫護人員，送母親進入病房。母親的臉上已漸有血色，只是仍闔著眼。我坐在床邊，看著母親左手手腕縫合後的包紮，沒有說話。

後來，母親一共在醫院住了三天。頭一天，我從家裡替她帶了幾套換洗的貼身衣物，辦理入院的身分證件，還有她向來不離身的 BB call。見了我來，母親依然面無表情，看了看我手裡拿的東西，只從我手中接過呼叫器。

我離開病房，和剛剛抵達醫院的爺爺一同到一樓櫃台，替母親辦理住院手續。回到病房時，在門口便聽見母親低低的哭泣聲，我在門外止步，可爺爺仍兀自走了進去，直挺挺地站在母親的病床邊。爺爺的身形擋住了我的視線。

爺爺的訓斥隨後貫穿耳膜。我從來沒見過爺爺發脾氣，聲線又那樣嚴厲，一時間令我錯愕不已——我認識的爺爺，一向是那麼靜，又那樣溫和——他厲聲質問母親為何要做這樣的事，隨便糟蹋自己的命，對待我又是那樣地不負責任。

我聽見母親止住了哭泣，揚起聲音，說，她的命，是先被我們給糟蹋的。

「我從來沒有想要過婚姻，也沒有想要過孩子。婚是你要我結的，孩子是他要我生的，生出來以後還是你堅持要留的！」

我愣了愣，反應過來後即刻轉身下樓，卻只是茫然地在醫院一樓漫無目的地遊走，直到夜色再次降臨，才平靜地回到病房，佯裝無事發生。

✧ ✧ ✧

母親與父親結婚時，是二十五歲。當時母親在國中任教，父親則在爺爺擔任校長的大學裡任職。他們是透過我爺爺認識的。認識不到一年，就結了婚。婚後很快就有了我。

自我有記憶以來，他們兩人之間的相處大多是衝突，少有恩愛。父親對母親有強烈的掌控欲，但凡母親晚了點返家，兩人非大吵一架不可。母親亦相當排斥父親的親近之舉，自從有了我之後，就堅持和父親分房睡，兩人沒再同床共枕過。就這樣過了幾年，父親終於發現母親有了別人，甚至自己在外租了一處地方，便於和情人幽會，母親索性就不再瞞他，直接搬了出去，兩個人就此分居，直到隔年離婚。

母親在毅然決然搬出家裡的時候，並沒有想過帶上我。離去前，她只叮嚀我好好聽父親的話，又留了一些零花錢給我，便走了。無論我再怎麼哭鬧，她就是不肯帶我隨她離開。後來，我不再求她，只問她何時回來，她也不願多透露幾句。從頭到尾，她只教我要聽話。

是從那一刻起我知道，不是每個母親生來都愛自己的孩子。就算我哭得撕心裂肺，她的離去之心也從來不曾為我動搖。多年後在醫院裡，再親耳聽見母親說出那些話，我也只有更加確認，她確實，並沒有愛過我。

我心底清楚，母親真正在意的，始終是她的關係，她的友人，她是否被她的友人所愛以及，她的友人究竟能有多愛她。她就像是友人手中來回往復的一顆球，被拋擲出去又撿回來，再被拋擲，再拾起，直到友人不再要她。她將這一切反反覆覆，完整地複製在我身上：失去愛的時候記起我，擁有愛的時候遺忘我。

母親是有愛的，她的愛甚且濃烈深邃，只是從來不曾與我有關。

✧ ✧ ✧

我想過，這世上真正在乎我的人，大概只有我的爺爺。儘管爺爺的年紀已經很大，他仍總是照顧我，甚至在我無能為力的時候，照顧我的母親。就算母親經常埋怨爺爺，說他不苟言笑，總是拿校長那套莊重威嚴的行事作風壓她，可對我來說，他卻是無比溫暖的長輩。他是我唯一的依靠。

在我升上國中二年級那年，爺爺的身體狀況明顯惡化。記憶中總是站得挺拔的爺爺，漸漸需要倚賴拐杖行動，身形也日漸消瘦而佝僂。從那年開始，我時常留在爺爺住處過夜，照顧他的生活起居，很少回母親家。我就像小的時候那樣，平日下課後和爺爺在客廳裡沏茶，做功課，假日則替爺爺打掃家裡，照顧植栽，偶爾也整理他讀過的舊書報。少有的不同是，我已經能自己下廚，可以為爺爺料理餐食，不必像小的時候，只能和爺爺在外用餐，或買外食回家。

原本我以為，日子會像這樣一直下去。我讀著自己的書，爺爺翻著他的報紙，偶爾打個盹。在春夏的傍晚或秋冬午後，我們相偕散步，曬曬太陽。日子應該是要這樣，一天一天地過去的，在這樣靜謐而安穩的時光之中，我會升上高中，讀完大學，或許還會結婚，生子。只要我心無旁騖地過著日子，將每一日，都過得與前一日一樣，我的爺爺，就不會真正地衰老。

可我究竟是太盲目了。

那天晚上，爺爺正從客廳起身，準備回房休息，才剛剛站起卻忽然倒下。我立刻上前攙扶住爺爺，可他人已經昏迷不醒。緊急叫了救護車，送爺爺抵達醫院後，我在大廳借了公共電話，試圖聯繫母親。沒有人接聽。我在答錄機裡留話，便又再回到手術房外，等候醫護人員為爺爺進行手術。那一刻，母親自殺送醫的情景再度掠過眼前，一股涼意自我的腳底沿著脊骨一路上竄。我不禁打了個寒顫。

手術結束後，我隨著醫護人員陪同爺爺回到病房，從醫護人員的口中確認，爺爺中風了。預後如何還不清楚，甚麼時候能清醒，也不能肯定。我守在爺爺床邊，整夜睡睡醒醒。醒來的片刻比睡著時多，卻一直不見爺爺有任何動靜。

隔日天濛濛亮時，母親才現身在病房。我睜開朦朧睡眼，恍惚之中見她從門口進來，帶上了門。我揉了揉眼睛，再睜眼，她已佇立在爺爺的病床邊。

母親甚麼話也沒說，探望過爺爺，便又回學校上課。見我沒有要走的意思，她當日就替我請了幾天假，讓我守在爺爺身邊。

那日，爺爺一直到下午才醒來。醫生做了簡單的檢查，確認右半身還能活動，左半身卻再無反應。會是長期抗戰，醫師說，爺爺的左半身已癱瘓，未來得要仰賴長時間的復健，才能漸漸再站起來。

醫生離開後，我試著和爺爺說話，可他只是看著我，似乎仍有倦意。我專注地盯著他的眼睛，追問他有沒有哪裡不舒服，想不想吃點或喝點甚麼，他仍只是迷茫地望著我，沒有回應。那雙陷在憔悴面容裡的眼睛，彷彿是口乾涸的井，無論裡面曾有過多麼甘美豐沛的水泉，也已在一夕之間枯竭，半點不存。

我不能明白。曾有過的甘泉，如何竟會在剎那間消失殆盡？是我不夠警醒，以致忽略了種種徵兆，抑或，轉折總是這樣，來得令人措手不及？

我低下頭，看向爺爺。他已再次閉起雙眼，陷入昏睡。

傍晚下課後，母親又過來了。她提著一袋食物，將其中一份遞給我，另一份放在桌面上。知道爺爺曾醒來過，她便讓我吃完飯就先回去。

那一日，爺爺就只醒來過那麼一次。

接下來的兩三個月，我和母親輪流去病房照顧爺爺。有時候爺爺意外清醒，能和我說笑幾句，關心我的日常；可大半時候，爺爺幾乎都在沉睡，即使去了一整日，也沒見爺爺醒來過一次。

時間彷彿一口氣，將爺爺身上該帶走的，連本帶利地討回去。

在一個輪到我照顧爺爺的日子，我站在病房外，卻無意間聽見母親和爺爺起了口角。

隔著牆面，爺爺的聲音隱隱約約透出來，要母親不必再來了。

「妳把我的臉都給丟光了。」爺爺怒斥。

母親反駁道：「我不偷不搶，工作正正當當，只是不愛男人，丟了你甚麼臉？」

「我要的是一個正常的女兒，妳這樣究竟成何體統？不男不女，知道人家怎麼說妳的嗎？心理變態。妳這樣的人叫心理變態。」

「爸，」母親聲音略帶哽咽：「都這個時候了，你還只在乎別人耳語，而不在乎我到底怎麼想的嗎？我不過是帶我的伴一起來看你，讓你知道我已經有好的歸宿，不用為我掛心。可是為甚麼這件事對你來說就這麼難？只因為我愛的是女人，我就不再是你的女兒了嗎？」

爺爺沉默一陣，反問道：「這個時候算是甚麼時候？我快死的時候嗎？」

母親靜了下來，沒有應聲。

爺爺隨後又道：「我就是死了也不會承認這種混帳事。」

房內靜了片刻。直到步向門外的聲音響起，我才又向後退了幾步。在病房外的走廊上，母親見到了我，只看了我一眼，便掉頭離開。

我站在原地許久，不確定自己該不該進去。

✧ ✧ ✧

生而為同性戀，母親的存在，或許是對她父親最大的叛逆。正如同她孕育我，生下我，她的身體和我的降生，都是對她最大的背叛。她的子宮成為一名異性者侵佔的領土，她在那裡被殖民，被插旗，被宣誓主權。我就在那裡，逐漸長成一個有知覺的生命，並從那裡呱呱墜地，來到了這一個，促成我的降臨的世界。

我不知道自己為何得生。也許母親也和我一樣，想過同樣的問題：作為一個父親眼中的病態，自己為何得生？母親後悔生下我，沒想過要有我，她就像她的父親一樣，厭惡自己所誕下的一切。

爺爺真後悔有她這樣的女兒嗎？就像我母親後悔有我？

我曾想過無數次，認為母親應該在懷上我時，便將我拿掉。作為一個徹徹底底的女同性戀，拿掉我，才能抹除她被迫就範的印記，藉此抵拒整個世界施予於她的暴力，反抗那些不公不義。

她的身分的正當性，應該成立於，她從來不是誰的母親。我對此了然於心，卻也沒有資格為此感到歉疚，畢竟，我對這一切負不了責任；我的出生，本就不是出於我的意願。只是，每當思緒及此，我總感覺，自己體內有股難以消弭的渴望，不斷侵蝕身心，一點一點，將我整個人都吞噬進去——如果能消失，就好了。能死去，就好了。能無傷無痛地，從這個世界上灰飛煙滅，一點痕跡都不留下，就好了。

✧ ✧ ✧

和爺爺爭吵後的那一週，母親沒有再來過醫院探望爺爺。這段期間，爺爺的身體狀況日走下坡，對於食物基本上再沒有渴望，清醒的時間也更為短暫。我在護士陪同下替爺爺擦澡，翻身，在床邊讀報給爺爺聽，他總是闔著眼，身體偶爾輕輕顫動，像困在一個極淺卻醒不來的夢境裡。有時他看似醒來，恍恍惚惚地半撐著眼睛，卻又失神地不知道望著些甚麼。我隨著他的視線看去，眼前除了死白的牆面以外，甚麼也沒有。

在爺爺去世的前一天下午，他忽然醒了過來，輕輕推了推我的手臂。我從床沿醒轉，才發現他正專注地看著我，發病後一向無神的雙眼，一時間看起來竟澄澈得多，枯槁的面龐上，也露出了久違而熟悉的笑容。

我輕輕喚了他一聲爺爺，握住他還能活動的右手。他朝我點了點頭。

「爺爺要告訴妳幾件事。很重要，妳要仔細聽好了。」

我愣了一愣，隨即又應了聲好。

然後，我聽見爺爺說，他留了一筆錢。

「我的後事，就用那筆錢去辦。」

我愕然地看著爺爺，急忙搖頭。

「爺爺，你會長命百歲的。不要說這個。」

他頓了頓，又溫和地笑起來。

「那筆錢辦完後事，應該還能剩一些。日後，妳就拿去用。」

他看著我，語帶抱歉地說：「對不起啊，爺爺不能陪著妳長大了。」

他緊緊地握住我的手，枯瘦的手指細細地摩娑我的手背。我試著平靜下來，卻仍舊無法克制，眼淚湧了上來又不斷往下掉。見我如此，爺爺稍微緩了緩，待我平復了些，才又在我耳邊叮嚀起種種細瑣——他說起平日裡購買的普洱茶，庭院裡分門別類的植物，還說起，書房裡他擺在架上，珍而重之的多年藏書。都是他愛重之物，我知道，他希望這些物事，都能有人繼續為他料理，替他悉心照看。

我仔細聽著，逐一點頭。半晌過去，爺爺像是交代完了，放下心似的，又昏睡了過去。

隔日凌晨，爺爺離開了這個世界。

爺爺享壽八十四歲。前半生在我所不熟悉的中國，後半生落腳臺灣，在臺灣娶了一個妻子，生了一個女兒。妻子在他六十多歲時病逝，他的女兒，也就是我的母親，當年還在念高中，正在準備大學聯考。後來，在臺灣風起雲湧的同志運動之中，我偶然在報導裡看見了她的身影，才知道，原來早在那個時候，她就已經談了生平的第一場戀愛。對象是女性。

葬禮結束後，我搬進了爺爺的住處。只有在學校，上到母親的課時，才會見到她。碰上面時，我便只喊她老師，不再叫她媽媽。

爺爺去世後兩年，她十分低調地辦了一場婚禮，僅邀了周遭幾個知情的人出席。那是一場在法律與名義上都不成立的婚禮。我無法預見未來，無法知曉將來會有一天，她可以名正言順地帶著她的伴，向身邊的親朋好友介紹，說，這是她的妻子。

我不知道，只在她婚禮那一天，寄去了紅包，在上頭寫上了「百年好合」四字。

♠ 小說中的主角查爾．漢彌爾頓，於歷史上的原型人物為 18 世紀的蘇格蘭人 Charles Hamilton。其扮作男性生活並與女性成婚的行為，除在當時引起社會軒然大波、受到報章刊物追蹤報導以外，也吸引當時的英國作家 Henry Fielding 關注，並改編為小說《The Female Husband》。參見：https://daily.jstor.org/the-female-husband-is-so-eighteenth-century/。

丈夫·

那些人衝進來將我帶走的時候，伊莎就在旁邊瞪大眼睛看著。

我知道發生了甚麼事，但我無法相信，伊莎竟真的會這麼做。那群人一闖進旅館房間，便強行將我綁住帶走，沿街走了幾百碼的路，拖著我進了法官辦公室。我被架到法官面前，身上都是沿途飄落的飛雪，還有幾滴融化的雪水自額前的髮梢落下，打進我的眼睛。我不禁閉起雙眼。

「被告查爾．漢彌爾頓，」法官道：「本庭宣告，你以『遊蕩罪』受拘提至此。」

「遊蕩罪？」我半瞇著眼睛，「法官大人，我是個醫生，行遍鄉間為人治病，開立處方，販售藥物。此次外出，則是與我的新婚妻子一同蜜月旅行，並非無所事事在外遊蕩。」

辦公室的門打了開來。伊莎隨著她的母親走進，坐到另一側的長椅上，神情複雜地看著我。

我別過臉去，看向法官。他厲聲問道：「新婚妻子？妳身為一名女性，佯裝男性身分行事，出外行醫，甚至騙婚，還理直氣壯宣稱自己新婚？」

我瞪視著法官，沉默了下來。

是伊莎提的告，證據確鑿，我無話可說。

三個月前，我和伊莎結了婚。婚後，我們便在薩默塞特郡展開我們的蜜月之旅，先南下至克魯肯、查爾德等城鎮，再一路往北，途經湯頓和北佩瑟頓，隨後從北端距離布里斯托灣最近的一角南下。我們旅行了兩個月之久，原來預計再半個月，就會回到我們在韋爾斯的家。

但我們沒有回去，只差一點就能回去的地方，就因為一個無可挽回的失誤，讓伊莎發現了我的身分，我便再也回不去那原本屬於我的，正要展開的理想人生。

伊莎發現我時，就像看著那些前來拘捕我的人一樣，都瞪大了眼睛。平日裡，她的一雙圓潤的眼睛，溫柔如海潮，總將我輕輕捲起，攏住，綿密潮溼地包覆。可那日，她那對大大的眼裡，寫滿的盡是委屈與憤懣。

「妳是女人？」她咬牙切齒地問道。

我低下頭，又抬起臉看她，「伊莎，妳聽我說——」

「我不要聽！」她歇斯底里地大叫：「告訴我妳是不是女人！」

「我是女人，」我不禁憤怒道：「可我也是妳的丈夫！」

伊莎愣愣地看著我，淚水一瞬間沿著雙頰滾落。

「不，」我搖頭，「我以男人的身分活著，做男人的工作，擔男人的責任，所有人都將我認作男人，那麼我就是個男人。」

伊莎跌坐在床緣，不斷啜泣。

「妳不要怕。」我說：「我雖是女兒身，但無論從哪方面看，我都是個男人。我會盡一個丈夫所應盡的所有義務，那也是結婚時我所對妳許諾的。」

伊莎抽了抽鼻子。

「但妳永遠不能使我懷孕。我們永遠不會有孩子。」

我毫不猶豫應道：「妳如果想要孩子，我們可以領養，要幾個都可以。」

伊莎輕輕地搖頭。

「那不一樣。」她說。

我嘆了口氣，走到床邊，單膝跪在她面前，伸手抹去她的眼淚。一直以來，在她需要情緒支持時，我都是這麼做的。我相信未來也會一直如此。

「伊莎，」我柔聲道：「我是以男人的身分愛妳，也是以男人的身分娶妳。我們之間，和其他任何一對夫婦相比，並無不同。雖然我們不能有自己的孩子，但我會努力，讓妳比其他女人都更幸福。」

她淚眼迷離地看著我，有光影在她眼中閃爍。我將她擁入懷中。

「既然已經結了婚，我就會對妳負責。一輩子負責。」

法官的聲音再次在我耳邊響起：「妳的本名是甚麼？」

我頓了頓，「珍．漢彌爾頓。」

「在哪裡出生？」

「蘇格蘭。」

法官埋頭寫了些筆記。

「為甚麼要扮成男性招搖撞騙？」

我撇了撇嘴，誠實道：「只有男性才有資格做那些養家糊口的工作。」

法官打量了我一會。

「妳以男性身分生活多久了？」

我轉過臉，看向坐在長椅上的伊莎。

「十年了。今年是第十一年。」

「在原告之前，」法官又問：「妳可曾欺騙過其他女性與妳交往？」

我惱火地轉向法官，咆哮道：「我並非有意要欺騙她們！」

「法官大人，」伊莎的母親插了嘴，恨恨地瞪著我：「連我的女兒在內，她一共追求過十四名女子，甚至和她們行了男女之事。」

法官挑了挑眉，難以置信地問道：「但珍．漢彌爾頓是女性，她是怎麼——」

「這太難啟齒了，」伊莎的母親說，「相當下流。」

法官往伊莎身上看去，可伊莎的頭一直都低著，避開所有人的視線。

「珍．漢彌爾頓，」法官轉向我，「妳是否確實曾與伊莎．普萊斯及其他女子行床笫之事？」

我看著他，「是。」

聽見我的回應，法官身旁的一眾人等一陣譁然。

法官清了清喉嚨，隨後面色鐵青地下了結論：「珍·漢彌爾頓誘騙女性與之締結婚姻，又玷汙女性貞潔，罪行難恕。本庭宣布將其暫送拘留所關押，等候季審法院開庭送審！」

話語一落下，方才將我架入法官辦公室的其中兩人又一把將我拉起，牢牢地抓住我的雙臂，當著所有人的面拖著我離開辦公室。離去前，我轉過臉看向伊莎，而此刻她終於抬起頭來，有些畏怯地看著我。我不知道她那驚懼的神情是為了甚麼——倘若是為了我可能遭受的刑罰而生的懼怕和不安，一切也已經來不及了；而如果是為了我在後續可能對她做出的報復，那麼，她則是完完全全地多慮了……再怎麼樣，我都不可能傷害她的。

潮濕的霉味在我們步下階梯之際撲鼻而來。穿過地下一樓窄仄得只能容納二人並行的走廊，沿路搖曳的燭光不懷好意地迎接我的到來。他們解開了從走廊盡頭數來第二個鐵門門鎖，一把將我推了進去。我重心不穩地跌坐在地磚上。

鐵門在我身後匡啷一聲關上。兩人的腳步聲幾乎同時響起，直到聲音越來越小，只剩從樓梯口傳來的細微回音。我吃力地撐起身體，坐到只鋪了一層單薄棉墊的鐵床上。發鏽的鐵床發出尖銳刺耳彷彿咬牙的聲響，即使隔著薄墊，仍感覺得到底層鐵座傳來的陣陣冰冷。我環顧四周，除了上方一個小小的方形透氣孔，磚牆上爬滿的霉斑，以及我身下的這張床以外，在這僅容邁步兩步的窄小空間裡，再沒有任何其他的了。

我看向鐵門外的陰暗長廊。此處真像極了蘇格蘭老家的潮濕地窖，一樣的燈火黯淡，一樣的濕氣濃重，彷彿在空氣中飄散的水氣，一會就能在肌膚表層堆聚成無數顆水珠。我擤了擤鼻子。離家十數載，此刻又回到這個和老家如此相似的地方，明明已經奔逃出去，卻沒想到還能被關進另一座更糟的牢籠。

我想起伊莎。以往，當我提及自己的出身時，伊莎總會坐在我身旁，揉捏我的肩膀，告訴我，一切都沒事了。「你已經有自己的發展和成就，」她會這樣說：「即使你的父母親總認為你不如哥哥爭氣，總不曾偏愛過你，那也沒關係了。」

不是的。我本應該在那時就要向伊莎坦誠相告，讓她明白，我的父母親不認我，並不是因為我不如哥哥爭氣，而是我不願也不能好好成為一名女性，非得要偷走他的衣服穿，扮作男孩不可。無論他們如何訓誡，父親如何恩威並施，我始終都不願意屈服。他們對我失望透了，我當然，也對他們失望透了。我知道，自己在家中早已經無處容身。

於是我穿走哥哥的衣服，甚至多偷了幾套，塞在簡薄的家當裡，跟著一名行腳至蘇格蘭的江湖郎中離開，一路隨著他雲遊各地，學習各種有效和無效的療法，四處為人診病，也為病入膏肓的人們提供徒有其表的安慰劑。

我心知肚明，師傅開出的藥物或療方，大部分根本就不起作用。可說來也奇怪，只要求藥者心靈至誠，金石也會為之而開，病不知為何，總糊裡糊塗地好了。人們為師傅懸壺濟世、大發慈悲救了他們的命而感恩戴德，願意給出更多糧食或金銀作為答謝，即使我對此心存不安和猶疑，師傅也只是聳聳肩，心安理得地便收下了這些謝禮。

「這哪有甚麼，」師傅總會這樣說：「人們想要相信，我們就讓他們相信。

人們想要給予，那我們就收下。總之治好了是我們的功勞，治不好是病得太重拖得太久神仙也救不了。就是這樣。」

如此，跟隨師傅的時間一久，我也漸漸不再感到心虛，甚少再質疑師傅的所作所為。師傅手裡的那一套，我也漸漸上手，若要自己一人代替師傅診病或兜售藥物，完全沒有問題；甚至，我的表情和肢體語言看起來還比師傅更為專業可信，做出來的成績幾乎都要超越了師傅。我沒有意識到自己所說的摻雜了多少謊話，但我越來越相信自己手裡的藥材能治百病：管它是痲瘋、瘻管、壞血病還是癌症，那些聽了令人聞風喪膽的疾病，一旦到了我跟前都得安分。

有了一技之長後，我以一種前所未有的自由和瀟灑活著。儘管不及呼風喚雨，我卻深切地感覺到自己有多麼體面，多麼抬得起頭來，多麼像是一個真正的男人，能獨立地養活自己，並且憑藉一己之力，在這個社會中掙得一席之地。我不必像我的母親所教育我的：身為一名女性，要學會如何仰仗他人鼻息而活；女人的臉面必須且只能建立於，有男人願意豢養自己。

我不能，也不想那樣活著。

跟隨師傅習藝三年多之後，我正式出師，揹著這些年來蒐羅的所有藥材和療法筆記，我獨自上了路，前往英格蘭西南部。往南方走的理由只有一個：我要離家越遠越好。如此一來，我就可以在一個永遠不會有人認得我的地方，以男性的身分展開我的人生。

我首先在普利茅斯落腳。在這座近海的城市，一年四季幾乎都有雨，尤其在冬日，連日不斷的綿綿陰雨更是冷得令人直發顫。在普利茅斯居住一年多的日子裡，我總在白日提著藥箱出門，四處為人診治開藥，夜裡再赴酒館獨酌，或是上劇場看看戲。

我就在那段期間，在劇場裡認識了和我同樣的一類人。

最一開始，我先是在特等席上注意到了他們。他們一共有三個人，大部分時候會帶女伴一同前來，但也偶爾只會有他們自己；他們幾乎不太和在場其他男性打交道，除非其中一位儼然是鄉紳階級的人碰上了相熟之人，才會在席上寒暄起來。有幾次我在散戲時特意在門口徘徊，趁此多觀察他們一會，也如願以償地聽到他們幾個交談的聲音——那驗證了我的猜測。他們的聲音，不是完全的男性，而是和我一樣的、略為刻意壓低的嗓音。雖然與真正的男性相比，差異並不太大，但只要相當留心，勢必能聽得出來；這一點，對於藏在衣冠底下的身形也是一樣的。

這些差異，一般人通常不會發現。唯有同類，才會特別留意這毫不起眼的些微落差。

在我觀察他們的同時，他們也注意到了我。那日，當我一如往常走進劇場，便突然被一把搭住肩膀，跟著走到了我根本不能進入的二樓特等席——我注意到搭著我的肩的人，便是他們三人其中之一；而真正有資格能進入到這個席次的紳士，正在席上好整以暇地等著我。一見我來，他就笑了。

「嗨，」他向我伸手，「我是詹。這兩人分別是小約和山姆。怎麼稱呼你呢？」

「我叫查爾。」我伸手與他握了握。

「很常來看戲嗎？」他問。我點了點頭。

「那好，」他笑著點頭，「下次進來就坐過來我們這邊吧，報我的名字就好了。就說是詹·霍華德的朋友。」

在那之後，我們經常一同看戲，散戲後又在酒館廝混一陣。我們有時喝得太醉，便同詹一起回到他的宅邸過夜，在寬敞的客房裡呼呼大睡。在那段日子裡，我們聊得最多的，從來就不是我們當夜所看的戲劇，而是土地、生意和女人。而在我們四個人之中，只有我從未談過戀愛，因此，在關於女人的話題上，我多半都是傾聽的份。

「你喜歡甚麼樣的女人？」小約問我。

我搖頭，說我不知道。

「那你該試試，」山姆說：「去追求幾個女子，和她們相處看看。」

我想確實是如此。於是我答應了他們，嘗試運用他們教給我的方式，去追求身邊的女子。

我所追求的第一個對象，是劇場裡一位名叫夏洛特的女伶。

那天散戲之後，我抱著早前準備好的一大束花，等在後台的出入口。那時，夏洛特已經換下了舞台上的裝扮，身著一身淺色的女袍，正走向門口。見我等在這裡，她也並不閃躲，理所當然地便走向我，經過我。

我趕在她離去前喊住她，將手中的一束花交給她。

「夏洛特小姐，」我笑了笑，「這是我的一點心意，請您收下。」

她接過花後，一句話也沒說就走了。

我依照小約說的方法，隔日，以及接下來的好幾天，都捧著一束花等在門口，每日的花束裡都放了一張卡片。

「卡片裡該寫甚麼？」我問小約。

「稱讚她，」小約抬起一邊眉毛，「稱讚甚麼都可以，如果能稱讚美貌最好。」

我想不到該如何稱讚她的外貌，因為，確實，她是很漂亮——可就是這樣了，除了漂亮以外，我想不到任何其他和她的外表相稱的詞彙。總不能每張卡片裡，我都只寫一句「妳很漂亮」，其他就甚麼也沒有了吧？

我於是在卡片裡寫她當日演的角色，稱許角色的舉手投足，讚美角色自然而然的情感流露。通常這樣一寫，小小的卡片就差不多寫滿了。

我就這樣連續送了兩週，然後，依小約的說法，接連兩天都不上劇場，不看戲，不送花，不寫卡片。

當我消失兩天後再出現在門口，夏洛特不再只是接過花後一語不發地離開。她終於停下腳步，站在我的面前。

「請問您是漢彌爾頓先生嗎？」她問我。

我看著她，「正是。」

「漢彌爾頓先生，」她碧綠色的眼珠子微微映著光芒，「不知道您對今日的女主角，可有甚麼想法？」

我笑著點頭，「不如我們去附近的咖啡館坐著聊聊？我知道一家很好的咖啡館。」

接下來近一個月左右的時間，我總是上劇場，散戲後又送夏洛特回家。除了花束，她漸漸拒絕一些男士贈送的昂貴禮物，而我贈予她的首飾，她則一件件輪流穿戴。小約告訴我是時候了，如果想要再進一步，大可以放手一搏；他和詹、山姆著手教導我如何取悅女伴，同時告訴我該如何做好防護措施，以免被對方發現自己的身分。

「女人很敏銳的，」他們說：「務必要小心謹慎，否則麻煩就大了。」

我將他們交代給我的事項一一謹記在心。是夜，在送夏洛特回家時，我第一次進了她的房間。

首先，熄滅燭火是必要條件。為了不讓女方看見自己的身體和動作，這是務必要採取的措施之一。另外，脫下衣物時要非常小心。大衣、領巾和馬甲可以脫下沒問題，但襯衣是絕不能離身的，襯衣裡用來封實胸脯的亞麻布也必須採淺色系，以免從襯衣中透出來。即使沒有燭光，能見度已很低，這些細節也還是得放在心上，不能輕忽。

「接下來，」詹說：「就照本能去做吧。」

我捧起夏洛特的臉，深深地親吻她，如同這段時間以來送她回家時，在她的家門口所做的那樣。那時候，親吻的意義是離別。可這次，我們在她的房間裡，深深地吻她，是為了開始而非結束。

本能——我知道詹的意思，那是指，從初次接觸夏洛特以來，身體裡隱隱約約的躁動，就像秋季乾燥的落葉堆底下，有火苗靜靜滋長悶燒……

我一面吻她，一面將她身上的衣物一層層剝下。夏洛特發出些微喘息，原先清澈的一對眼眸變得迷濛。解下最後一件衣物後，我將她抱上床，從她細嫩的頸脖吻起，一路往下探尋，直至吻遍她的全身，才讓自己的最後一吻落在她的雙腿之間。她發出了更令人渴望佔有的細細呻吟。她的身體已很濕潤了，我抬起自己的上半身親吻她，同時慢慢深入她的內裡。她弓起上身，雙手緊緊扣住我的背，在我加快速度時繃緊身體，大約持續了幾秒鐘後，才又突然癱軟下來，整個人軟綿綿地躺臥在床上。我抽離她的身體，輕撫她的臉龐，將自己埋進她雪白柔軟的胸口，時而輕吻，時而舔舐。感覺到她稍稍降溫的身體又逐漸發燙起來，我知道她渴望我——我吻上她的唇，再次進入她。

夏洛特已經將自己許給了我。我向她承諾，兩個星期之後將與她成婚。

然而，就在我和夏洛特攜手步入禮堂的前一週，詹被發現了他的身分。他的未婚妻不知為何突然起了疑心，趁著他熟睡時伸手探向他的私處，這才驚訝地發現，那裡竟然裝了假陽具。

這件事後來鬧到了法官面前，最後婚約取消了，詹則基於出身階級，得以從此事中全身而退。只是，從此以後，他就必須依照法官判決所述的，老實地以女性的身分過活。而風波剛起的前前後後，小約和山姆便決定要離開普利茅斯避一避風頭，畢竟他們和詹，實在走得太近了。

不只是他們，就連詹自己，也勸我先離開這裡。

「這件事鬧得這麼大，如果你的夏洛特問起，你可就完了。」詹試圖說服我：「像我們這樣的人，老實說，如果想不引人起疑，要不就是一直單身下去，要不就是一直換對象、換住所。」

「可是我要對夏洛特負責，」我掙扎不已，「我們有了肌膚之親，她是我的人了。」

詹嘆了口氣，「你要帶她走嗎？」

「對。」

見我態度堅決，詹只輕輕地搖了搖頭，說：「你就不怕她把你送進拘留所，像我這樣嗎？」

即使詹這麼說，我仍堅持要帶夏洛特一同離開。而夏洛特考量了種種因素，包括她的戲、她的戲迷、她對這個環境的熟悉與戀棧，最後依舊決定留在普利茅斯，不願搬離。無論我搬出多少種說法，她都不肯買帳。

在我最後一次試圖說服她與我一同遠走時，她終於問我，我之所以打算離開普利茅斯，是不是和詹有關係。

我沉默，不知該如何回應。

夏洛特抹了抹眼睛。

「你和他是一樣的人嗎？」她又問了另一個更棘手的問題。

沒等我回答，她又接著說：

「如果是的話，那麼你就走吧。我會自己看著辦。但你，你就不要再來找我了。」

我在那一刻突然理解到，夏洛特原來已經知道了我。但她不願意揭穿這一切。和當時的詹相比，我幸運不少，夏洛特儘管得知了事實，知道自己珍貴的貞潔，給了像我這樣的一個人，她卻始終沒有出賣過我。可是，幸運終究只是一時的：如今，我也和當年的詹一樣，被自己所愛的女人親手送進了拘留所裡。

而我的處境，恐怕比詹還要更糟——我沒有顯赫的背景，無法從這樁訴訟中安然脫身，只能祈求奇蹟出現，讓我的罪刑盡可能減輕一些。

在拘留所的第五夜，我在臨睡前聽見動靜，注意到有人在外頭走動。我從床上坐起，屏氣凝神地透過鐵條間的縫隙，看向走廊。

腳步聲離我越來越近，最後在我面前停下。是詹，我一眼就認出了他。

他又做回了男性打扮。那年判決出爐後不久，他便悄悄離開了普利茅斯，在寫給我的信中曾提到，他現在還是我所熟悉的那副樣子，只是換了名姓。他現在名叫約瑟。

「查爾。」他低聲呼喚我的名字。

我離開床鋪，走到鐵門前方，對他笑了笑。

他搖搖頭，「天，看看你的樣子。」

我聳了聳肩，「你消息真靈通。」

「不是我靈通，」他皺起眉，「每家報紙上都有你的新聞。」

我疑惑地瞪大眼睛。

「現在不比以前了，」他壓低聲音，「奪走女人的貞操，而且還是像我們這樣不能負責的人奪去的——這是多大的新聞，我還聽說有作家想來採訪審查你的法官，把你的事寫成小說。」

「這未免太荒謬了。」

「我很想幫你，」詹吐了口氣，「但我現在已經不是霍華德家族的人了，我實在——」

我攔住他的話頭，「沒事，你能涉險來見我，我已經很感激了。」

我看見他的眼眶泛著淚光。

「情況很糟。」他說，「輿論都傾向施予嚴懲。」

我苦笑，「因為我和伊莎有了性行為？」

「因為你除了伊莎以外，還曾與十幾個女子有過床事。」詹嘆氣。「伊莎是怎麼發現你的？」

我頓了頓，低垂眼睫。

在我們蜜月旅行兩個月左右，某夜就寢前，我正打算熄滅燭火，回到床上與伊莎溫存。然而那夜，伊莎卻突然要求我不要捻熄燭光。她說，她想看看我的身體，也渴望我能在燭光之下，細細凝視她的每一吋體膚。

我試著找理由拒絕。我告訴她，我不喜歡裸露自己的身軀；我也告訴她，在燭光下做愛讓我不自在。還有，我更告訴她，熄滅了燭火，才能讓我興奮起來，使她更舒服也更滿足。

可是她仍堅持讓燭火亮著。我站在燭台邊動也不動，而坐在床緣的她只穿了一件襯衣，隱隱約約可看得見內裡。我吞了口口水，抑制自己上前剝下她衣物的衝動。

見我不動聲色，她問起我先前的性經驗。

「我一直很好奇，」她說，「你為甚麼那麼懂得取悅我？你對女性的身體構造竟然這麼了解。你有過很多女人嗎？」

我笑了笑，「誠實作答會令妳嫉妒嗎？」

她半瞇起眼睛，「看來真有過很多女人。」

「但我現在就只有妳。」我說，「既然已經與妳結婚，其他女人就都只是過眼雲煙了。」

伊莎笑了起來。

「你是怎麼愛撫我的？」她的聲線變得慵懶，「黑暗中我感覺到你的嘴唇，你的舌頭，還有甚麼？你的手？」

「對，還有我的手。」她說得我渾身發熱，下腹傳來陣陣渴望的痠疼。

她的臉略略紅了起來，「你用甚麼進入我，除了你的陽具？」

我按捺著渾身因渴望而生的焦躁，只靜靜地笑了笑。

她從床沿站了起來，緩緩地走到我面前，拉起我的手，輕輕摩娑我的指腹。

「這個嗎？」她抬起臉，渾圓的雙眼直盯著我瞧。

我害臊地點了點頭。

「還有……」她突然將另一隻手伸向我的襯褲褲襠，我嚇得退了開來。她站在原地愣愣地瞪著我。

「我的母親告訴我，」她的表情看起來變幻莫測，「男人都相當粗魯直接，

筆直地便挺進去，每一次都會痛。她不斷叮囑我要忍耐，因為那是作為妻子應盡的義務。再痛都要咬牙忍著，出了血也不能哭喊。可是，除了我們的第一次以外，你從來不曾使我疼痛。我非常慶幸地和她分享這件事，甚至告訴她，每次做愛，我都感到前所未有的幸福與歡愉，那是世上任何事都無法取代的快樂。可是，她說，這是不可能的。一定有哪裡出錯了。」

聽伊莎說起這些，令我頓時背脊一涼。我突然理解到，自己犯下了相當致命的錯誤，即使先前交往過的所有女伴當中，從未有人因為床事而對我的身分起疑，但伊莎究竟不同。她在一個傳統且虔誠的家庭中成長，倘若環境教育了她，為丈夫受苦才是美德，那麼她就會認為，自己理當受苦；而當她在該受苦的時候感到愉悅，就勢必是犯了難以饒恕的罪過。

我試著冷靜地回應她：「怎麼會出錯呢？性不都是這樣的嗎？」

伊莎仍以一種我無法參透的表情看著我。

「我們每次做愛，」伊莎說，「我幾乎都會高潮。」

我看著她，不置可否。

「但是，」她充滿罪惡感地搖頭，「她們說這是不可能發生的，我的母親和我的姊姊們，她們說男性會直接進入身體，射精後就結束，女人不可能高潮。」

「男人和女人是可以同時高潮的，」我反駁她，「我們就是如此。」

「你有嗎？」她看著我，「你有過高潮嗎？就在我的身體裡？」

我不假思索：「當然——」

我的話還沒有說完，她便立刻衝向我，一把扯下我的襯褲。我繫在腰間的皮革假陽具登時露了出來，在她扯下襯褲後不斷來回晃動，在燭台的火光下，閃動著上過潤滑油的光澤。

她不可置信地瞪大眼睛看我。

在床上，必須是由女人滿足男人，而非男人滿足女人。我始終沒有意識到這件事，甚至還滿足了伊莎。我的身分就因為這樣而被識破了。伊莎親手將我告上法院，送進拘留所，之後，我還要繼續為此付出代價。

詹——或說約瑟——憐憫地看著我，越過鐵欄拍了拍我的肩膀。

「查爾，」他語重心長地說：「明天就是主顯節了，季審法院會在兩天後開庭。」

「好。」

「撐得住嗎？」

我抬頭看他，露出理所當然的笑容：「那還用說。」

他苦笑了一下。

「如果撐不住了，我盡量想想辦法，看能不能趁後天開庭時讓你逃走。」

我搖頭，「不用，沒關係。大不了就是一條命，還能更壞嗎？」

詹抓緊了欄杆，「不會到那種程度的。如果會要了你的命，早把你送去巡迴法院了。」

「對吧？」我笑著寬慰他：「我也是這麼想的。像我們這樣的人，就是混得好和混得不好，只有這兩種可能而已，沒有別的了。我也算混得不錯了，交往過那麼多女人，還住遍了整個南英格蘭，跌一次跤，沒甚麼大不了。」

詹笑道：「那麼，等一切結束後，我們再一塊去喝一杯吧。」

我看著他。為了讓他安心，也為了讓自己安心，我笑著點了點頭。

後天一早，拘留所的人員便解開鐵門，將我拘提至季審法院。抵達之際，法院外已經擠滿了群眾，在雪花紛飛之中高舉著字牌，上頭寫滿了各式各樣充斥惡意的字眼：珍．漢彌爾頓泯滅人性、惡魔珍．漢彌爾頓、珍．漢彌爾頓下地獄、珍．漢彌爾頓人神共棄……

其中，我看見一群熟悉的面孔，是我和伊莎在韋爾斯住處附近的鄰居。他們手上的大型字牌赤裸裸寫著：「要求嚴懲並當眾羞辱珍．漢彌爾頓」。

拘留所人員拽著我進法院。群眾見到我立刻圍了上來，不斷在我身邊辱罵叫囂，幾乎擋住了我們的去路。沿途還有人扔擲碎石，但人群太過擁擠，並沒有丟中我，而那些誤扔的小石子又引起了群眾間更大的混亂。在這天寒地凍的氣候裡，短短幾步路的距離，我卻走得渾身是汗。

當我走進法庭時，檢察官已經坐在原告席上了。陪審團陸陸續續進來，兩位地方法官則在最後一刻才坐上席位，敲槌宣布開庭。我轉過頭去，注意到此刻旁聽席上也已經擠滿了人。我試著讓自己平靜以待，卻仍忍不住焦慮地望向玻璃窗外的一片陰霾，假想自己並未身處在法庭之中，而是在外頭的冰天雪地裡，向街上凍僵了的路人販售和暖身體的藥材。

「原告伊莎．普萊斯與自稱查爾、偽作男性之被告珍．漢彌爾頓於今年九月結婚，婚後於薩默塞特郡度蜜月之旅。旅行期間，被告與原告曾發生多次性行為，被告以插入式性交訛騙原告，使其相信被告確為男性。兩人行旅至格拉斯頓伯里時，由於原告察覺有異，遂向被告提出質疑。被告承認其身分為女性。隔日原告趁其外出時向相關單位舉報，終揭發珍．漢彌爾頓之惡行。」

檢察官向法官陳述案情。話語落下，旁聽席上的人群再次鼓譟起來，逼得法官不得不敲槌遏止，喝令群眾安靜下來。

「被告珍．漢彌爾頓，」法官轉向我，「輪到妳陳述了。」

「我是珍．漢彌爾頓，」我壓制著聲音中的顫抖，「是一名四處旅行，為人診病的醫師。我在去年年底行旅至韋爾斯，向房東克麗德太太租賃房屋，於韋爾斯定居，並在那段期間認識了房東的姪女伊莎・普萊斯。我們對彼此一見鍾情，經過幾個月相處後，於今年九月結婚。」

檢察官問道：「你是否以查爾・漢彌爾頓的男性身分與人交遊，從未坦承你的女性身分？」

我看著他，「是。」

「據原告所述，」檢察官繼續：「你與原告發生性行為時，亦未坦承你的真實身分，而是透過擬仿男性性器之器物，以插入式性行為欺瞞對方數次。請問以上描述是否屬實？」

我看向四周，感覺黑壓壓的人群與視線，一時之間如烏雲般聚攏在自己頭頂上。

我嚥下一口口水。

「是。」

「法官大人，我沒有問題了。」檢察官轉向法官，「被告珍・漢彌爾頓上週以遊蕩罪名受到拘捕，於釐清案情後，我在此代表原告，基於其惡意騙婚與詐欺性交等行為，以詐欺罪嫌控訴珍．漢彌爾頓，並要求離婚。」

幾位陪審員開始交頭接耳。我試著開口為自己辯白，卻不知道還能多說些甚麼。我不是男性，這是鐵錚錚的事實。我欺騙了伊莎，這也是事實。我還能怎麼捍衛我自己？

「被告可還有甚麼要陳述的？」法官轉向了我。

「法官大人，」我深深呼吸，「我和伊莎．普萊斯結婚，並非出於惡意。」

旁聽席上頓時噓聲四起。

「安靜。」法官再次敲了敲法槌，看向我，「並非出於惡意，那是為了甚麼？」

「我愛她。我愛伊莎．普萊斯，我是出於愛而與她結婚的。」

法官頓了頓，「這與你欺騙她的事實並不衝突。」

「我了解。我只是回應檢察官的說法：我確實欺騙了伊莎，讓她將我認作男性，但無論是結婚，或是發生關係，我都是出於愛她，而非刻意欺瞞她。婚禮中所說的每句誓詞，也都是出自真心的。」

法官聽聞，並未多作回應。評審團成員仍悉悉簌簌地低聲交談。片刻過去，法官才終於開口，說道：「本庭宣布暫時休庭，並於一小時後復庭。」

在法官敲擊法槌走出法庭後，評審團也跟著離開，走進了隔壁間的辦公室。旁聽席上的群眾一哄而散，大多數都聚集到了大廳，喧鬧聲此起彼落。我留在原位上動也不動，為這些天來的拘禁和方才的開庭感到精疲力竭。

不遠處，一名戴著羊毛氈寬邊帽的女士正從旁聽席向我走來。她壓低了帽簷，掩住了大半臉孔，即使我瞇眼細看，也難以辨認她的身分。我索性坐在原處，靜候她的到來，畢竟我已經疲憊得無法挪動身子，也沒有氣力再站起身來。然而，在她走近的那一刻，我卻無法克制地霍然起身。

是伊莎。我從來沒有想過竟會是她。她甚至獨自前來，身邊完全沒有任何人隨行。

她稍稍拉高帽簷，與我的目光交會。她的眼裡已經沒有任何一絲驚懼，卻多了一些我無法捉摸的心緒。那一雙明亮的大眼睛瞪視著我許久，隨後，在我釐清狀況之前，便溢出了淚水。

「是真的嗎？」她哽咽著問我。

我不知所以：「妳指的是哪件事？」

「剛才在庭上，」她緊抓著自己的裙擺，「妳說妳和我結婚、和我行男女之事，都是出於愛我，那都是真的嗎？還是只是為了脫罪？」

這一刻，一股濃烈的悲哀頓時湧上我的胸口。

「伊莎，」我誠實以對，卻沒想過這些字句聽來竟能如此沉重：「我是真的愛妳。否則我不會娶妳。」

「即使此時此刻，我害得妳身陷囹圄，妳也還是愛我？」

我直視她的雙眼，「是的。」

「可是——」她的淚水撲簌簌滑落：「可是妳是女人，妳怎麼能愛我？妳可是個女人！」

我勉強扯動嘴角，對她笑了笑。

「那妳呢？」我伸出手，替她抹去眼淚，「妳愛過我嗎？」

她沉默了下來，含淚的眼眶中有著不知為何而生的惱怒。見她如此，我便停下動作，收回撫觸她臉龐的手。

「算了。事已至此，再問下去也沒有意義。」

伊莎伸手抹掉眼角的淚水，斬釘截鐵地回應道：「我愛的是男人，」她頓了頓，「但妳不是。」

「在妳眼中，我曾經是個男人。」我自嘲道：「所以我曾以為，妳很愛我。」

很愛我，所以會不忍心揭穿我。當年的夏洛特便是如此。或許正是因為我初遇的人是夏洛特，面對所愛之人與自身身分間的兩難，我總是抱持著幾分僥倖。這份僥倖持續至今，直到現在，我還是很難相信，伊莎竟能狠得下心告發我，促成了今日的局面。但這一切，也已經無所謂了。等陪審團做出裁決，正式受刑之後，我和伊莎就該分道揚鑣了。她無法再和我這個德行有失的人在一起，而我也勢必要從此遠遁，和詹一樣，隱姓埋名地到另一個郡、另一座城鎮重新開始，切斷所有和韋爾斯的聯繫。

♣ 當時英國及歐洲社會流行所謂的微型肖像畫（portrait miniature），供受贈者隨身攜帶，其中一種製作形式即為胸針。贈與者有時會用自己的毛髮裝飾圖案，強調彼此關係的重要性，而小說中提到的紫菀花，在當時被視為能夠守護愛情的花草，也代表著愛神維納斯。燃燒的心則意味著熱烈的愛意。關於毛髮與微型肖像畫於 18、19 世紀在珠寶上的應用，參見：https://artsandculture.google.com/story/mementos-of-affection-cincinnati-art-museum/kgUx-6ikEsZhIA?hl=en。

一切，都該徹底告別了。

我低下頭，淡淡說道：「妳走吧。被別人看見就不好了。」

她站在原處，瞪視我許久。隨後，她摘下胸口的胸針，砰地一聲放到我面前，旋即轉身離去。

我看著她的背影越縮越小，最後消失在法庭入口，才靜靜地拾起她留下的胸針♣。那胸針是一幅橢圓形的微型半身畫像，上頭描繪著伊莎身穿粉色絲綢禮服的模樣；而背面除了一層以伊莎的深棕色捲髮所編織的背景以外，還鑲有金箔裝飾：在外圍環繞一圈的紫菀花，以及中間彼此交疊的兩顆燃燒的心。我將胸針緊緊攢在手心，忍不住哽咽起來。

陪審團和法官陸續回到了法庭之中，原先聚集在大廳的人潮也一路擁擠著回到了旁聽席，滿懷期待地等著審判結果公布。法官敲擊槌子，宣布開庭，陪審團裡的其中一位團員立起，總結一小時前開庭的雙方陳述與結論。

最後，則由一位法官宣布陪審團的最終判決，以及兩位法官共同裁定的量刑。

「被告珍．漢彌爾頓，是一位狡詐而少見的詐欺犯。為維護社會秩序與穩定，本庭宣告其與伊莎．普萊斯締結的婚姻無效，並判處其六個月徒刑，自本日起生效。服刑期間，珍．漢彌爾頓須於湯頓、格拉斯頓伯里、韋爾斯與謝普頓馬利特等四個城鎮，各進行一次公開鞭刑。初次鞭刑將在本日稍晚於法院外廣場施行。」

我愣愣地聽著。幾乎與裁決的宣布同時，旁聽席上響起如雷貫耳的呼聲，我不覺握緊了手，直到手裡的胸針似已嵌入掌紋，環形的金屬浮雕紋路彷彿刻進血肉之中，這才痛得從恍惚中醒覺：我即將在這嚴寒氣候裡，在群眾的面前，遭受鞭刑。而這，只是我四次鞭刑中的第一次而已。

執法人員將我帶離法庭。法院外頭依然下著雪，由於天氣過於寒冷，地面上已經結了霜。儘管如此，施刑台周圍仍再次擠滿了人潮，他們對於當眾公開執行的刑罰充滿興奮與好奇，即使現下的氣溫遠遠不到零下十度，也冷卻不了他們圍觀的熱情。

走上刑台後，一位執法人員命令我脫下上衣，「一件都不能留。」他這麼說。我在眾目睽睽下先脫去了大衣，硬領，馬甲，最後只剩下一件襯衣時，仍遲疑了一陣。持鞭的執法人員見我停下動作，即刻命令道：「襯衣也要脫掉。」

我閉上眼睛，咬牙脫下襯衣，全身冷得不停打顫。現在我的上身只剩下捆縛住胸部的亞麻布。

持鞭者以鞭子碰了碰我的背，「這是甚麼？拿掉。上半身要完全赤裸。」

我深呼吸一口氣，猛力抽掉身上的亞麻布，刻意避開視線，以免看見胸前那令人厭惡的累贅。同一刻，我聽見刑台下的人們驚呼一聲，彷彿此刻親眼目睹了我的身體，才終於能夠證實這令人不安的事實：我確實是個女人。一個娶了女人的女人。

命令我脫去衣物的執法者抓起我的雙手，將它們牢牢地銬在我眼前的木板上，讓我背對群眾。雙臂銬進木板的同時，我感覺到馬褲口袋裡的胸針，也隨著我的身軀微微晃動。我再次閉上眼睛。我看見伊莎就在我身邊，緊緊握住我的手，臉上掛著兩道淚痕。她搖著頭，整張臉漸漸皺成一團，痛苦地低喃：

「不，不——」

第一道重鞭落下了。

Eshe

思穎在中途下了車。

剛剛踏上月台，冰涼濕氣即刻自鼻腔沁入心脾。她停頓在原地站了站，在她身前，是長滿各種無以名狀植物的草坡，一路往南北綿延，逐漸聳立成連綿山脈；身後，本要將她送往北方的區間車關上車門，駛離車站。

列車趨近此處時，她在車廂裡注意到，海就在車站的另外一頭。越過火車離去的軌道，越過柵欄，越過低矮的木造建築，就能在車站的另一側，看到海。

她走了幾步路，在月台的候車長椅上坐下。海風輕拂，她攏了攏身上的針織外套，身形又縮得更小了些。

不久前，她剛剛離開友人的住處。臨走之際，對方關切狀況，詢問她是否需要人作陪，伴她返家和就醫。思穎笑著婉拒，她知道，自己不該再給對方添麻煩。儘管兩人過去在大學時代如膠似漆，卻也在畢業後就漸漸沒了聯繫，要說生分，也確實是生分了。多年以後的此刻再聯絡對方，實在是因為除了她之外，思穎幾乎再不能聯絡誰了。

思穎相當慶幸，自己竟還能找得到友人的聯繫方式。鼓足勇氣撥出號碼，另一頭的聲音確是友人，線上的對方則費時數秒，方認出思穎——思穎的聲音聽來，已經不如往日活潑了。這些年，她經歷了太多，聲線中早已多了幾分戒慎穩重，再沒有過往的無畏與輕盈。

通話裡，兩人互道近況，問及自身婚姻時，思穎猶豫了一陣，最後仍是誠實以告：

「我要離婚了。」

聽聞此訊，友人頓了頓，再開口便是邀她前去小住幾日，散一散心。思穎雖則答應，卻也不敢叨擾太久，當日午後才到，僅僅停留一夜，隔日便又啟程離開。兩人促膝談心的一晚，思穎都感覺恍恍惚惚，以為自己回到了十年前，和友人在校舍窩在一起，熬著夜看電影的日子。可胃裡不經意傳來的翻攪和陣陣酸意，時不時將她拉回現下，提醒她，她已經不是當年身無罣礙的少女了。

「Eshe，妳聯絡過沛恩嗎？」

離去之前，友人突然這麼問起。沛恩——她已經許久沒有聽見過這個名字了。縱然這些年來總還是會想起她，可如今，她的生活周遭已經沒有任何人認識她，自然也就不會有人提起她。

在她現下的生活裡，甚至也沒有人會再叫她 Eshe 了。

「沒有。」思穎淡淡笑道。

友人將沛恩的聯絡方式留給了她。

「幾年前大學社團的社員聚會，妳沒來，她留給我的。她說她已經放下了，希望妳也不要掛在心上。」

思穎將聯絡資訊存在手機裡，點了點頭，謝過友人後便揮手告別。

這一站原不是她預計要下車的一站。區間車從宜蘭一帶出發，直抵樹林，她本該在行經臺北站時下車。可在車上，她突然猶豫起來，不能肯定自己是否真要回到臺北進行手術。她知道此程去了，自己就再不會回頭了；一旦抵達臺北，她就再不會想及其他可能性，徑直地便會前往醫院，做好一切準備，坐上冰冷的手術台，聽候醫師處置。等到手術的麻醉退去，醒轉以後，她就會再度孑然一身，無牽無掛。

——這是她要的嗎？

區間車在人煙稀少的小站短暫停靠。車門緩緩開啟。思穎站起身來，走下了車。

她坐在原地，瞥了一眼月台上的站牌。她想自己應該不曾來過這裡。即便是有，恐怕也只是經過，而不曾真正停留。在這一站下車的人們，又是為了甚麼而來到此處呢？思穎望向方才隨她一同下車的零星幾人，他們早已一致走上天橋，打算橫越到另一側的海岸。或許那裡才是熱鬧的地方。

她已經許久沒有看海了。無論婚前婚後，她和元旭都極少去到海邊。相較於海景，元旭更喜歡山，在婚前，元旭往往會在繁忙的工作日後，約她一同登山。她向來保持著練舞的習慣，練就了不錯的體力，要陪元旭登山，完全不是難事。

她和元旭之間的事情，當年在舞蹈工作室幾乎人人都知道。

大學畢業的頭一年，在繁重的工作壓力下，思穎報名了舞蹈課，作為下班後紓壓的管道。小時候學過芭蕾，大學一年級的體育課也選修了舞蹈，思穎原就有舞蹈底子，要重拾並不困難。她向當時仍同居的沛恩提起這件事，沛恩也相當贊成，十分支持她繼續修習。

舞蹈課安排在每週三晚上。思穎選了一對一的單人倫巴教學，下了班便乘捷運去舞蹈工作室上課。工作室位於離家不遠的一棟商業大樓，思穎一進工作室便俐落地換上練習服，跟著舞蹈老師開始當天的課程。

這間工作室共有兩位舞蹈老師。一男一女，都有深厚的國標和拉丁底子，兩人偶爾還會相偕去國外參賽。選教練時思穎並沒多想，習慣性地選了女性那位指導老師，Linda。基於對女同志身分的認同，長期以來，無論在甚麼環境和場合，思穎都會優先選擇女性作為隊友或同伴。

然而，課程進行到約莫兩個月，Linda 卻有了身孕。敬業地帶著思穎和其他學生接續上了幾個月的課之後，隨著腹部逐漸隆起，行動不再便利，Linda 最終還是告了假，返家待產。

在最後一堂課，Linda 詢問她繼續上課的意願。

「元旭近期有空檔，如果妳還是想在週三規律上課，他可以帶妳。」

面對Linda出於好意的建議，思穎猶豫了好一會。她確實已經習慣在這裡上課，此處交通方便，離家也近，課程的收費價格也合理。她自忖，如果只是跳單人倫巴，不跳雙人，即便教師是男性，對她應該也不會有太大影響？

「他也是教單人嗎？」思穎試探道，她從來沒注意過另一位老師的課表。

Linda點了點頭，笑道：「別看他這樣，他跳女步也是一絕的喔。」

沒有，不是那樣一回事。思穎在心底回道。她對他並沒有任何成見或想法。她只是，對他的性別和性傾向有所顧忌。如果可以，她希望能夠規避任何與異性戀男性接觸的可能，純粹是因為怕麻煩。在雙人倫巴之中，幾乎任何動作都隱含著性吸引力，這讓她對於男性教師更加排斥。

她還在斟酌，Linda又玩笑道：「他真的很能跳出女性的嫵媚，如果不是認識他這麼久，我甚至會以為他是gay。」

這麼說來，他不是。思穎沉吟。

無論是繼續留在這裡上男性教師的課，還是另尋舞蹈教室，對她來說都相當費神。思穎遲遲下不了決定。

見思穎始終沒有鬆口，對方又說：「妳也可以先試上一堂課再決定。怎麼樣？」

思穎頓了頓。這樣也好。先試過一堂課，真不行就算了，可以果斷放棄，另尋他處。她點頭，答應了 Linda 的提議。

隔週三，思穎依舊換上平日練習慣穿的舞衣，穿上鞋跟略高的舞鞋，在元旭的指示下先略跳一段舞。

「Linda 說妳程度很好，我想確認妳目前學習的進度到哪裡。」

打完招呼、稍微介紹彼此後，元旭便如此要求。

音樂落下，思穎以她熟悉的節奏扭開步伐，一會前進，一會後退，輕巧地旋過身，修飾的裙襬晃動起來，隨著她扭動的腰臀搖曳生姿。她的腳尖彷彿蜻蜓點水，輕碰一下就支撐起纖瘦的身軀，隨之再幾次腳尖輕點、手臂揮揚，好似能從地板上躍起，蝴蝶般飛舞起來。

一個片段結束，元旭朝她點了點頭。

「中階程度的舞步，妳已經非常熟練了，」元旭說，「我們今天就從進階舞步開始。」

元旭走到教室右側，示意思穎先站到他身後看著。

「妳先看我怎麼做。」他張開雙臂，緩慢地將一手帶往前方，同時跨出步伐：先走兩步，接著前進轉，再轉，靈活地連續兩次旋轉後再前進、側向，最後再往前一步。他彷彿一尾極其有力的蛇，既流暢又俐落地完成一連串動作。他回過身看向思穎，「來，妳試試。」

元旭的教學風格和 Linda 明顯不同。元旭只示範一次，示範後不會再帶著跳，直接便看她的動作。思穎很快地跟著跳了一次，一面跳，元旭一面喊出節奏，引領她往下一步走，一出錯就喊停，調整舞姿後重新來過。

一個小時的課程很快便過去，思穎渾身是汗，毛巾剛剛圍上頸脖就濕了大半。許久沒有這麼專注且痛快了，她甚至忘了這只是一次試上課程，工作室還在等待她的答覆。

見她大汗淋漓，元旭不禁自嘲道：「糟糕，這下子太累，妳應該不會想來上課了。」

思穎愣了一愣，立即站起身來，「我去櫃台登記，我們下週見。」

話語脫口而出，她沒意識到自己已忘了先前的顧忌。

一如慣例，思穎登記了為期十週的課程，每週一個小時。試上課程後的第一堂課，元旭繼續教她進階舞步，同樣每段動作只示範一次，讓思穎一面跳一面調整。這一小時很快就過去了。

課程來到第五週，元旭讓思穎將先前幾堂課所學的舞步，結合過去的基礎編排成舞，做一次階段性的成果呈現。音樂落下，第二拍響，思穎輕盈地向前點了兩步，延伸雙臂，將手掌心朝自身貼近，撫過髮絲、頸脖，一路輕撫至腰部。腰肢彷彿在她的撫觸下被喚醒，隨之扭動起來；她既如水流中飄飄蕩蕩的青草，輕搖慢擺，同時又是撫動青草的暗潮——她細長的手再次撫上了自己的側胸與腰，面對眼前唯一的觀眾，她大方敞開身體，一如一次邀請。

她的姿態極其魅惑。但跳上了舞，她便遺忘了這件事。

倫巴solo結束，元旭情不自禁鼓起掌來。思穎已將他所授的舞步融會貫通，跳出了獨到的風格。他將水瓶遞給思穎，她笑著接過。

「妳很有天分。」元旭眼裡有笑意。

思穎大口飲水，揚起臉看他，「謝謝。」

「這一年來妳接觸的都是單人舞，」元旭看著她，「妳想學雙人倫巴嗎？」

思穎低下頭去，「不想。」

「為甚麼？」

思穎沒有回應。雙人倫巴的性別元素實在太強——倫巴本是愛情之舞，可倫巴所指稱的愛情，只有異性戀，而沒有其他可能。即便再欣賞倫巴中女性的柔媚姿態，再崇拜雙人舞交織的澎湃張力，她也不想自己去跳女步，配合男步忽遠忽近，甚至表現出與男方之間相互吸引與抗拒的角力。

「我不喜歡被支配的感覺。」

一口氣喝下整瓶水後，她才開口回答。

可元旭卻為此笑起來。

「乍看之下，確實像是女方跟隨男方走。但在我眼中，雙人倫巴其實是女方以肢體魅力支配男方，甚至擺布男方。」

思穎抬臉看他，半信半疑地瞇起眼睛。

元旭望了望牆面上的時鐘，問道：「還有十分鐘。要不要試試看？」

她跟著元旭走到教室正中央，兩人面對面站著。

「在第二小節伸出右手，之後我會往前，妳再將左手搭到我的肩膀上。」

思穎點了點頭。節拍走到第二節，她伸出手，元旭輕輕牽起，湊近。她伸長另一隻手，搭上肩的同時，元旭也伸展右手，輕輕托住她的後背。隔著舞衣，她感覺到另一方的支撐，清清淡淡，若有似無。元旭帶著她向後走兩步，再前進兩步，偶爾鬆開支撐，兩人一同朝外展開，又帶著她旋轉，前進，後退，最後一節才又輕扶她的背，讓她搭住肩，結束。都是基本動作，不難，思穎卻莫名感到緊張，也比以往更加緊繃。元旭鬆開手，朝她笑笑，直接宣布下課，壓根沒問思穎這樣一跳之後，是否對雙人倫巴有所改觀。

思穎即刻進了更衣室換衣洗臉，面對鏡子，才知道自己一對耳尖竟都泛著紅。元旭必然看見了。

那夜返家後，她突然感到特別渴望。睡前，她躺在沛恩身邊，翻個身便輕啄她耳朵，吻她頸項，沛恩知道她，隨即起身俯在思穎身上，深深吻她，一路剝下她的衣物，吸吮乳尖，舔拭她濕潤之處，再緩慢進入。後來，她在沛恩懷裡沉沉睡去，卻夢見自己在舞台上獨自跳著單人倫巴，而舞台底下的觀眾席上，只有元旭一人。

隔日醒來，她感到渾身燥熱不適。走進廚房，沛恩已經備好兩人的早餐和黑咖啡，見她起床，便喚她一起用早餐。

「身體不太舒服，今天想請假。」思穎坐到沛恩對面。

「哪裡不舒服？」沛恩關切道。

「渾身熱，但又不像發燒。」思穎一面說，沛恩一面伸手輕撫她額頭。確實沒有發燒，沛恩收回手，稍稍推算一會。

「是不是排卵期？」沛恩推測道。

思穎頓了頓，回想上一次經期，確實應是排卵期。

「難怪妳昨晚慾望高漲，」沛恩略微惋惜道：「可惜我們不是異性戀，不然像昨晚那樣，一定能懷孕。」

思穎笑起來，「不擔心。我們以後總有辦法生一個。」

請了假，思穎待在家，用過早餐後送沛恩出門。研究所早上有課，下午性別社團有會議要開，晚上沛恩又兼了家教，整天都很忙碌。她問思穎下午要不要去社團露個面，思穎猶豫了一會，說好。

社團裡的人大部分都還是熟面孔，少數是剛招進來的大一新生。幾個社團學弟妹和同屆社員見了她，都熱情地向她打起招呼。她已經有大半年沒有來社團了，這一年空下來的時間多半都在練舞，社團的事基本上都是聽沛恩說來的，她已經不參與了。

簡單寒暄過後，幹部宣布會議開始。氣氛還算輕鬆，不是甚麼嚴謹的會，就是討論今年同志遊行的標語，以及後續吃飯和續攤的地點。思穎坐在一旁聽著，沒打算干預，直到幾個人問起她的想法。

「Eshe，妳之前都帶大家去哪裡續攤？聽其他人說過妳曾帶他們去一間好玩的混吧，是在哪裡？西門町嗎？」

思穎定了定神，「沒有，不在那裡，在公館一帶，他們說的應該是那間。」

「能幫忙聯繫看看，訂個包廂嗎？或有店家聯絡方式？」

「店裡的公關是我朋友，」思穎答道：「我來問問，也許能請她幫我們安排好一點的包廂。」

開完了會，沛恩趕著去上家教課，隨便吃了點東西果腹便要走。社團裡幾個學弟妹吆喝著一起吃飯，沛恩提議思穎加入他們，但思穎只是搖了搖頭。

「我還是先回家休息，明天還要上班。」她輕吻沛恩，「晚上見。」

返家路上，思穎在住家附近的鬧區下車，尋覓吃食。她還沒有打定主意要吃甚麼，一路漫無目的地走逛，剛越過幾個路口，便聽見後方傳來聲音，喊著她的名字。她停下腳步，稍稍回過身，看見在她身後喊她的那人，竟是元旭。

那一刻，原已褪去的渾身燥熱再次從她體內湧出，水氣般滯留並包覆她全身。她想自己現在的耳朵定是紅的。

「竟然在這裡遇到妳，」元旭笑道，「剛下班？」

「沒有，」思穎搖頭，「我今天休假。」

元旭點了點頭，「吃過了嗎？」

「還沒有，一直拿不定主意要吃甚麼。」她苦笑。

「那一起吃飯？我知道附近有幾家不錯的餐廳。」

元旭一面說，一面輕輕觸碰她的後背，像昨日的雙人倫巴。他輕輕推著她往前，那麼輕，輕得她似乎不應該拒絕。他所釋出的訊息是那麼微乎其微，幾乎不存在。

思穎稍稍牽動嘴角，說好。

兩人走進一家位於街角的小餐酒館。店內空間溫馨，昏黃燈光襯得木桌和磁磚地板充滿暖意，背景音樂則輪播著古典西洋情歌。酒保在吧台後方擦拭精緻透明的高腳杯，服務生在他們落座之後即刻送上了水。

「你今天不用教課嗎？」點完餐後，思穎問道。

「九點的課，晚餐還是要吃吧。」元旭笑起來。他笑的時候總是很好看，思穎想，難怪他的學生總是女性居多。

酒在餐前上。服務生拿來兩隻酒杯，思穎微微一愣，下一秒服務生已經替兩人斟上白酒。

「這支白酒很不錯，妳試試看，」元旭鼓勵她，端起自己的那杯，輕輕晃了晃，「香氣也很足。」

「你怎麼知道我喝白酒？」思穎端起她的那杯，淺嚐了一口。

「聽 Linda 說的。」

思穎點了點頭。她不再問了。

餐點送上，元旭一面用餐，一面向思穎聊起自己的事。一週通常只休息一天，除了舞蹈工作室以外，還在大學和社區四處兼課。從高中就開始學舞，上了大學還不肯放棄，出去比賽成績也不錯，畢業後就硬著頭皮，一邊接表演一邊兼職，幾年前終於如願以償，和 Linda 合開了工作室，成為職業舞者。

思穎點了點頭，也跟著說起自己。她對舞蹈沒有執念，純粹是興趣，只為尋求消遣，不為別的。大學時期讀的是行銷相關科系，現在做的也是行銷工作，常要加班。唯一不加班的一天就是練舞那一天，她讓自己理直氣壯地離開辦公室，像其他上班族一樣準時下班。

思穎聊起自己的事，元旭的目光便專注起來，幾次停下了手邊的動作，只專心聆聽。用完餐，距離元旭上課還有半個多鐘頭，兩人便沿著街，肩並肩散著步。晚風微涼，思穎將雙手插進口袋，低著頭走路。

「週末不加班的時候都做些甚麼？」元旭問道。

「能不加班的日子就是好日子，做甚麼都可以。」思穎微微笑，「有時候也練舞。」

「是嗎？」元旭跟著笑了，「想來工作室練可以跟我說，我留一間教室給妳。」

「這麼好？」

「如果我有空檔，也可以陪妳練舞。」元旭看她，不知是出於酒意還是其他，思穎總感覺那眼神有些迷濛，「只要妳想來。」

思穎別過臉去，感覺雙頰熱得發燙。

「這陣子我的課表都蠻固定的，」元旭換了話題，稀鬆平常道：「如果妳之後週四晚上不用加班，隨時可以一起吃個飯。」

思穎淡淡地笑，「好。」

接下來幾週，元旭有時教她單人倫巴的進階舞步，有時教她雙人倫巴。思穎不再嚴拒雙人舞，甚至能全心享受舞蹈所帶來的愉悅，但在下課後返家的路上，她總是無法克制地焦躁起來——跳舞已不再是純粹的消遣，愉悅也不全然是因為舞。她都知道。

舞蹈課隔日，她便和元旭一起晚飯。飯後兩人依舊散著步，可不知自何時開始，元旭會輕輕牽住她的手，像雙人舞，她要伸出右手，搭住元旭的左手。散步的時候她就想這是雙人舞，前奏，四拍落了第二節要走。她感到快樂異常卻又格外焦慮，彷彿有蟻漫上心頭細細啃食她的內裡，會痛但又不是那麼疼，甚至還有一絲絲快感。

後來，當沛恩第一次問起思穎人在何處時，她的一對一單人倫巴課程，正好來到尾聲。

沛恩每週四晚上的家教課在那週結束。學生畢了業，考上其他地區的學校，之後暫不需要家教老師了。沛恩因此多了一個晚上的空檔，事前她已告訴過思穎，但當她返家時，思穎不在。當時早已過了思穎平常加班後到家的時間。

沛恩傳了訊息給思穎，沒有回覆。打了手機，沒有接。她騎車到思穎的公司附近，大樓的燈都已經熄了，沒有人在裡頭加班。

她忐忑不安地回到家，繼續等待。半小時過後，她等到了思穎的第一則訊息，說，她已經在回家路上。

到家後沛恩便問她去了哪裡。思穎答得含糊，說昨日是最後一堂倫巴課，工作室今日請同期學員吃飯，團體課和一對一學員都去。餐廳太嘈雜，她沒聽見手機響，而她事前也忘了預先告知沛恩。就只是這樣。

沛恩狐疑地看著她。

「那妳之後還會繼續上課嗎？」

「會，」思穎放下背包，坐到沛恩身邊，謹慎地開口，「之後要學雙人舞。」

「雙人舞？妳要找誰搭檔？」

「我還是上一對一課程，所以應該是和舞蹈老師一起跳。」

「哪位舞蹈老師？教妳單人的那個男老師嗎？」

思穎突然緊張起來，急忙回道：「沒有，他們找了另一位女老師，在產假期間替原本的老師代班。我報名的是她的課。」

沛恩點了點頭，不再多說甚麼，只一如往常地靠到思穎肩上，低頭嗅聞她的肩頸。她本以為會聞見熟悉的香水味道，卻意外地聞到了一股陌生的氣味，似是沐浴過後的淡淡香氣。

沛恩當場愣住，可還來不及追問，思穎便站起了身。

「我去洗澡。」話聲剛落，思穎已經邁入了浴室。

隔週三，思穎依舊去了工作室，和元旭進行第一堂雙人倫巴課程。下課更衣後，元旭便和新來的代班同事及學生告別，與思穎一同離開。元旭上週帶她去了附近的旅館，這日則直接帶她回到他的住處，一進房間便一面吻她，一面

伸手鑽進她的裙襬，愛撫她的下身。思穎發出輕喘，底褲很快便濕了一大片。元旭抽開手，解下她的衣裙，將思穎抱到床上。

元旭不久便進入了她。上回已有經驗，他知道思穎不熟悉男體，動作特別輕緩溫柔，每推進一點便問她痛也不痛。思穎沒有答，只是勾住他的頸脖，讓他的臉湊近吻她。歡愉過後，思穎很快進了浴室沖澡，試圖洗淨身上的體液和氣味，趕著要回家。

沛恩還沒有來訊息和電話，但她知道再晚她就要起疑心了。

思穎已換好衣服，元旭卻還抱住她，央她留下來過夜。

「我明天早起，送妳去上班？」他提議。

「不要，你多睡一點，明天課要到很晚。」

「可是我還想要妳。」

元旭一面說一面輕咬她耳朵，又吻她脖子，思穎好不容易平復的渴望又輕易被點燃，渾身都著了火。

他用氣音在她耳邊說：「妳也還想要我。妳的身體要我。」

思穎轉過臉便吻上他。

當夜，思穎回到住處時已是凌晨。她在元旭沉沉睡著後離去，留了一張紙條便搭上計程車回家。這次她謹記教訓，在元旭那裡便先傳了訊息給沛恩，說舞蹈課後要趕回公司加班，讓她先睡，不要等她。沛恩於是只回了訊息，沒再打電話來尋她。

思穎推開家門，沛恩確是已經睡了，留了客廳一盞小燈給她。她熄了燈，躺上床，睡夢中的沛恩便恍恍惚惚醒來，揉揉惺忪睡眼看她。

思穎伸手撫摸她的臉，「吵醒妳了。」

沛恩搖頭，身子傾向她，將她抱住後又漸漸睡去。

思穎在她睡著後輕輕拉開她的手，安放在她身側。她不要沛恩這樣抱著她睡，她愧疚。

思穎在家的時間越來越少。她經常一早就出去，不再和沛恩一起用早餐，也總告訴沛恩不需準備她的份。她也常常拿加班作為藉口，下了班便到工作室和元旭一同練舞或吃飯。只有週末，元旭一般週末都有課，她才得了空陪沛恩參與各種活動，跑展覽、看電影、聽講座，但對她來說，這些活動都只是為了消磨時間——消磨她見不到元旭的時間。

同志遊行的前一個週六早晨，沛恩煮好了咖啡，便靜靜坐在廚房裡。思穎醒來，經過廚房，剛剛站到門口，就看見沛恩默不作聲地坐在桌邊。

她抬臉看她，問道：「我們是不是應該聊一聊？」

思穎頓了頓，裝作若無其事地走到流理台旁，背對著沛恩，為自己倒了一杯冷水，慢慢飲下。涼冷液體滑過她的舌，流下喉頭，一點一滴進了她的胃裡，冰冰涼涼，她感覺全身細胞終於慢慢清醒過來。她轉過身看她，拿著半滿水杯，坐到她對面。

思穎沉默。她知道自己理應主動開口，坦承一切，但她不知道現在究竟是不是時候。她也不知道自己是不是應該要做出選擇——留下或離開，要或不要，愛或不愛。

終究，還是沛恩先啟齒了。

「我覺得我們最近變得很奇怪，」沛恩的聲音有些沙啞，「在一起四年，我們從來沒有這樣……」

思穎低著頭，雙手捧著水杯，沒有答話。

「我不知道……妳是真的忙呢？還是只是逃避我呢？」沛恩的目光停留在她身上，「以前無論如何，妳從來不會讓我找不到妳的。」

思穎深吸一口氣，別過臉，試著緩和自己的情緒。

「對不起。」稍稍平復後，她轉頭面對沛恩，回道：「我自己也不知道該怎麼辦。」

沛恩抽了抽鼻子。

「妳是不是愛上別人了？」

思穎閃躲她的眼神，沒有說話。

「妳知道嗎，」淚水從沛恩的眼角溢出，「妳如果沉默，通常只有兩個原因。一個是做不了決定。另一個就是不願承認。」

思穎依舊默然。她清楚沛恩有多了解她，她不打算辯駁。

片刻過去，沛恩又問道：「那，妳還愛我嗎？」

思穎嘆了口氣。

「我不知道。」

她抬眼觀察沛恩的面容。她覺得沛恩現在看起來好脆弱，可是事到如今，她已不願意繼續說謊騙她。她是真的不知道，她不知道自己對沛恩是愛還是習慣，沛恩身上總有她沒有辦法割捨的部分——但她也沒有辦法確定，自己無法割捨的究竟是沛恩，還是她長久以來的女同志身分。對她來說，沛恩不僅僅是沛恩，她還是她從過去到現在，對女性曾經有過的所有愛慾的總和，是她女同志身分最有力的證明。

她還不想要這一切結束。她還沒有辦法去選擇一個和她過去截然不同的人生——一個不是同性戀的人生。那究竟會是怎麼樣的，她一點頭緒也沒有。

沛恩流下眼淚，「妳不知道？」

思穎遲疑一陣，又接著請求她：「妳能不能，再給我一點時間？」

沛恩別過臉去，伸手抹了抹淚，推開椅子起身，離開廚房。隨後，思穎便聽見她拿起鎖匙關上大門的聲音。

思穎霍地站起身來，快步走到月台旁的女用洗手間，抓著洗手槽便是一陣乾嘔。她的胃裡現在甚麼也沒有，早晨吃過一點麵包之後，已在友人家中借過洗手間吐了一回，胃裡有的全都一次吐了精光。但反胃和噁心依然纏著她不肯罷休，甚麼都沒得吐，就讓她嘔出大量涎沫，彷彿她的身體還不夠空，不夠空到足以容下正要成長的另一個生命。

嘔吐，清空。她和元旭後來做的時候，她也經常想吐。元旭總是吸吮她，她本來對此是享受的，只是她後來才知道，他吸吮她是因為他也渴望被她含納，輕咬，吞吐。

可是她做不到。婚前她說她做不到，他便安慰她不急，慢慢來，他們有的

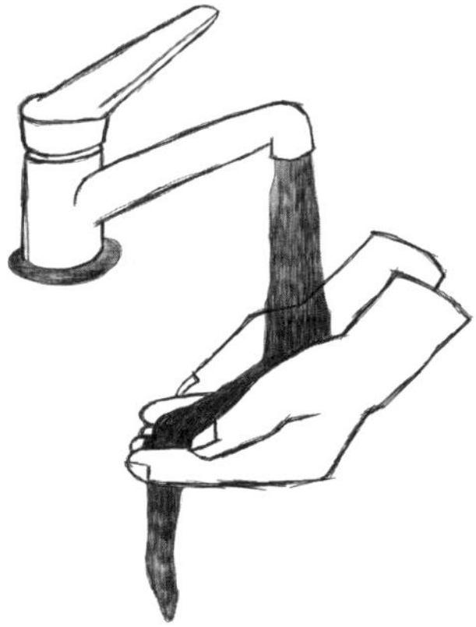

是時間。婚後她仍然做不到，他卻漸漸無法忍受，指責她沒有善盡作為人妻的義務，甚至會說，他已經教了她五年。他常常這樣說，在人前也這樣說，說他教了她五年，人們以為那指的是雙人倫巴，便誇他教得好，她學得快，為夫妻倆緩和氣氛——但她知道不是，他要她學的從來不只是雙人倫巴而已。對他而言，那些他真正希望她學的東西，遠比倫巴來得重要，她卻反倒學得不好。

她打開水龍頭，輕捧著水漱了漱口，讓水流在唇齒間翻滾，覆上她的口腔內壁後滾落，再撲上另一側的唇齒，徹底地將嘴裡的異味全都帶走。

每次吞吐過後，她也總想這樣，將嘴裡的異物全漱得乾淨。可元旭會說，他希望她嚥下去，因為那是他的一部分。嚥下他的一部分，她便與他結合了。

而相愛的兩人，本就該結合在一起。

每當元旭這麼說的時候，思穎總會不經意地想起沛恩。過去她們即使深愛彼此，也不曾以這種方式結合。她們互相舔舐，但並不吞下對方身上的任何東西。吞嚥從來就不是必須的。

思穎知道自己無法做到，可是後來做的時候，她還是會問他，是不是想要。

元旭說，是。

但如果妳不想，那就不要。我不會勉強妳。

她聽得出來，元旭說這句話時，並不帶任何一絲感情。他說完，思穎便走近他，蹲下身子，含住他，用她十分拙劣、據元旭所說一直沒有甚麼長進的技法，吞吐他。

半晌過後她感覺到他的硬、他的顫抖和嘆息，所有液體一瞬間都噴濺在她的嘴裡。她勉為其難吞下，回到浴室，卻禁不住一陣乾嘔。口腔裡全是帶著腥鹹氣息的漂白水氣味。她甚麼也嘔不出來，身體卻渴望清空掉非常非常大量的東西。

她原以為身體想清空的，排斥的，盡是屬於元旭的部分。直到身體接受了元旭，她才明白，這副身軀要清空的，原來是她的歷史。清除了她的歷史，才能迎接新生。

檢查得知已經五週的那一刻，她便想起婚後元旭曾經告訴過她的：

「我知道妳以前和女人在一起。但那都過去了，我不和妳計較。」

可他後來和別的女人走在了一起。是舞蹈工作室裡的另一個女學生，他們的事情，工作室幾乎人人都知道。思穎清楚那位女性會怎麼取悅他，因為他會教她。也許她還會憐憫元旭，因為元旭的妻子——即使他教了她那麼久——依舊學不會，也依舊幫不了他。

元旭是計較的。他在乎她不如其他異性戀女人懂得技巧，無論是魅惑，還是討好。

兩人已經談妥了離婚，但還住在一起。思穎仍在找房，卻在找到住處前先發現了身體的異狀。元旭答得決絕，說他無論如何都不想要這個孩子。他只這麼說，剩下的全讓思穎自己看著辦，彷彿這件事從頭到尾，與他沒有任何一點關聯。

思穎離開洗手間，靜靜地走上天橋。越過火車離開的鐵軌，越過柵欄。走下天橋，又穿過木造建築。建築外原來還有階梯，思穎輕手輕腳走下，穿越濱海公路，眼前亮晃晃的一塊衝浪板懸在樹上，指向飲食供應和衝浪教學的所在地。衝浪板後方，則是一片蔚藍的太平洋。

直到此刻，思穎才猛然想起，自己原來早已經來過這裡。大學時代，社團裡幾個成員對衝浪相當熱中，一決定翹課，就吆喝大夥一起出遊。天還未亮一大群人便啟程，她和沛恩、學妹擠在後座，後頭還跟著幾輛車，浩浩蕩蕩地從臺北出發，一路前往宜蘭。年輕氣盛，就圖著看一眼日出再乘風破浪，抵達的時候也確實目睹了太陽露臉，朦朧粉嫩的天空逐漸流轉為橙色流光，再化作金黃流沙，在海平面映出一道道光芒。沛恩拉著她下車，牽她的手又吻她，也沒管其他人正忙著搬下衝浪板，就恣意在沙灘上拉著她奔跑，拍下兩人在沙灘上的魔幻時刻。海面上的光影在她們身後閃爍，光光燦燦，那麼亮，亮的都是她們的青春。

身後的社員扔下幾塊衝浪板。她們就在沙灘上脫下外衣，留下原先穿在內裡的泳衣，抓著板下了水。她們效法其他人，先趴上衝浪板尋找重心，再緩緩撐起上身。思穎平衡感好，一下子站了起來，沛恩則跌進海水中，嘻笑著又牽住站在衝浪板上的思穎，猛地將她拉下水去。她在水中緊抱住她，兩人一起探出水面，不約而同大笑起來，又深深親吻對方。

她本來那麼自由。又曾經那麼年輕。

分開那一年，同遊後的派對，她依約帶著社團大夥去了混吧，燈光迷幻，樂聲蠱惑，她喝了一點酒，就在舞池跳起單人倫巴。沛恩在一旁看著，看起來有點醉，眼神也有點複雜，思穎一面盯著她一面舞動起來，藉肢體傳達自己的心緒——我不知道我還愛不愛妳，可是妳能否再等等我，讓我問問我的心。我喜歡元旭但我還不能接受異性戀世界的遊戲規則，我徜徉在這裡，我跳舞，我那麼自由。社團幾個學弟妹跟著進了舞池，和思穎一同跳起舞來，沛恩依舊只在旁邊看。她注意到了她眼角的淚光。

突然之間，有人牽起了思穎的手。思穎略有些迷茫地看著他，在認出對方之前，身體的本能已經跟著跳。那是雙人倫巴，而牽著她的人，是元旭。

元旭一下了課就來到這裡。思穎曾告訴過他，這一日會陪著朋友去走遊行，還說會跟朋友去一間同志夜店續攤。她沒告訴元旭自己會去哪間夜店，整個臺北，同志夜店那麼那麼的多，她不知道元旭是怎麼找到她的。

雙人舞結束，元旭一把將她拉進懷裡，低頭吻她。全社團的人都看到了。沛恩也看到了。

思穎渾身僵硬，無法動彈。元旭拉著她離開了夜店。

後來她就搬了出去。她無法再面對沛恩，她傷沛恩傷得太深。她也和社團裡的人都斷了聯繫。以往每一次，當她參與任何性別組織或運動，她總會在介紹自己時說，她叫 Eshe，是一名女同志。從來就只和女人在一起的女同志。所有的人都是這樣認識她的，包括她對她自己。她從不認為自己會愛上男人——異性，那是多麼難以理解的生物，異性戀，那是多麼令人窒息的關係。她怎麼可能。

可是她不再是那個驕傲的女同志了。她感覺自己已然是個叛徒，卻說不明白自己究竟是背叛了她的社群，她的同性伴侶，還是她自己。

思穎走下了沙灘。海上有幾個人正在衝浪，隨著浪的起起伏伏，偶爾墜入海中，再緩緩起身。沙灘上，也有人正暖著身子，抓起衝浪板，預備下水。她看向海面，海的另一頭，仍是那樣無邊無際。

她感覺疲憊，便在沙灘上一屁股坐下。胃裡依然是空的，噁心的感覺卻還揮之不去。生命的最初始，原來是一長串的作嘔。她突然很希望此刻，沛恩能出現在她眼前，好讓她問問，當年她究竟知不知道，生命的初始是怎樣的一回事？知不知道，一個生命之所以能夠誕生，能夠成長，是出於另一副已有歷史的身體不斷自我淘洗、不斷嘔出自身存在，才能為這新生騰挪出茁壯的空間？她知道嗎？如果她知道，當年她是否依然會惋惜，認為她們之間不似異性戀，無法以再直接不過的方式，懷有自己的孩子？

可是，她其實能猜到。她能猜到沛恩會怎樣說——她會說，那確實是另一個生命，可那生命，也是自己的延續。正因為是自己的延續，就沒有所謂的侵占或掠奪。既各自獨立，卻又水乳交融，世上再沒有比這種關係更為緊密的羈絆。她想像得到，倘若得知她將親手取消自己腹中的降生，沛恩定然會感到痛惜，即使那並不是她和她的孩子，即使這個孩子和沛恩之間，沒有半分聯繫。

思穎低下頭，看著手機。更新的聯絡人清單上，有沛恩的名字。

她輕輕地舒了口氣，按下了通話鍵。

◆ 本篇小說所設定的生殖醫學發展背景，是以現階段的研究為基礎所進一步設計。根據日本科學家林克彥、齋藤通紀發表於《Nature》期刊上的論文，其已在實驗中將雄鼠尾巴上的皮膚細胞轉化為幹細胞、卵細胞，經體外受精後植入雌鼠體內，並成功繁衍出具生殖能力的鼠寶寶。相關研究與討論，參見《紐約客》報導：https://www.newyorker.com/magazine/2023/04/24/the-future-of-fertility。

單人病房

我第一次見到晨恩，是在醫學中心的單人病房裡。

那時候，她剛做完全身健檢，已經空腹了十二個小時。我推開門，將餐點送進她的病房時，她正靜靜坐在床沿，稍微側著頭，看向半敞的窗戶。風吹動淺色的窗簾，也吹動她細柔的長髮，在微暗的室內映著日光，輕輕地飄動著。一直到我走近，她才終於回過頭來，漠然的眼神裡有了一點點神采，臉上也露出笑容，向我道了聲謝。

晨恩是這次實驗的五位受試者之一。在近半世紀以來，我所任職的這間醫學中心，總是走在其他醫療機構前面，領先發展出各項技術，包括精卵與胚胎冷凍、精蟲顯微注射、試管嬰兒等，儼然是我國生殖醫學的權威。在接受各大媒體報導時，醫學中心的院長也相當自豪地認為，本中心絕對堪稱全國生殖醫學的重鎮。因而，在全世界都瘋狂地投入人工生殖細胞的研發競賽時，這所中心自然沒有理由置身事外，將這穩坐龍頭的機會白白拱手讓人。這次的實驗，便是這項技術研發的重要一環。

幾年前，當我還在分院的廚房裡服務時，便聽說醫學中心已經成功製造出老鼠的卵子細胞，並在體外受精後移植到母體中，誕下了幾隻鼠寶寶。在我轉調到醫學中心服務後，他們又培養出猴子的精子和卵子，讓母猴順利地產下了幼猴。想當然爾，實驗接下來的施行對象，就是人類了。

剛到醫學中心服務時，我曾偷偷地向另一位前輩打聽，想知道那些精子和卵子，究竟是怎麼製造出來的。

「可怕的咧，」前輩說，「聽說他們會取皮膚細胞或血球，但其實只要是身上的任何細胞都可以。取得後把那些細胞培養成幹細胞，就能再進一步培養成精子或卵子了。」

「任何細胞都可以？」我難以置信地瞪大眼睛。實在很難想像自己全身上下的每個部分，都可以拿來生小孩。

「對啊，你看，這是不是違反自然？就是這樣亂搞啦。」前輩一面說一面將所有菜色裝進餐盤，「好了，送上去吧。」

我將餐點一間間送進頂樓的病房。這些受試者之中有男有女，每人各住一間房間，晚餐時段，前四間病房的受試者幾乎都有伴侶陪同在旁——兩對異性，兩對同性，不知道他們都結婚了沒有——唯獨最後一間病房裡的晨恩，無論我甚麼時間去，她總是一個人。我從未看過她的伴侶，也沒有見過她的家人。而相對於其他已達適婚年齡的受試者，她的年紀看起來也最輕，每次替她送餐時，我總會忍不住想，倘若我有女兒，應該差不多就是她這般年紀——像她這樣的年輕女孩，何必要來參加這種實驗？她若想有個孩子，難道還不容易嗎？

諸如此類的疑問一直擱置在我心底，我卻始終沒有勇氣問出口。

幾日後，我在走廊上遇見晨恩。她剛抽完血，正按壓著手臂上牢牢貼緊的棉花，坐在檢驗室外的座椅上發呆。據我所知，受試者之中有幾個選擇運用白血球來培養生殖細胞，看來晨恩也是其中一個。我推著一整車既骯髒又油膩的碗盤，走過她面前，一注意到我經過，她就抬起頭來看我。

「妳需要幫忙嗎？推車看起來很重。」她站起身來。

「不用不用，」我笑答：「我做慣了，這是小事。」

她不放心地跟上我的腳步，走在我身旁，雙手與我的交錯，一同推著扶把。

我們一步一步地走到電梯口，她伸手揿下按鈕。

「下樓對嗎？」她向我確認。

我點頭，「對，我要去B1。」

她轉過臉去，盯著緊閉的電梯門。我們二人即刻陷入尷尬的沉默，雖然她看起來泰然自若，我卻不禁緊張起來，急忙在腦海中尋覓字句，試圖開啟另一個話題，好化解這突如其來的窘境。

所幸，她很快又自然而然地開了口，消解了我無話可說的困窘：

「這裡的三餐，都是阿姨妳煮的嗎？」

我愣了一愣，「啊，是啊。是我和另一個前輩一起準備的。」

「很好吃呢，」她笑起來，「我從來都不知道醫院能準備這麼好吃的食物。」

「妳之前吃過其他醫院提供的餐點嗎？」我好奇問道。

她點點頭，「小時候奶奶住院時，有陪她一起吃過。」頓了頓，她有些難為情地承認：「真的不太容易入口。」

「這樣啊，」我試著解釋：「可能是準備給老人家的食物，味道清淡很多，大部分也都磨成糊或泥了。」

還正說著話，電梯門便開啟了。她一把將推車推進電梯一角，長按著電梯鈕，騰出空隙讓我站進去。

「謝謝啊。」

「不客氣。」她接續剛才的話題，回應我的推論：「確實，記憶中那些食物總是煮得爛透了，我完全不知道自己在吃甚麼。雖然如此，每次只要陪奶奶一起吃飯，我都還是會將飯菜全都吃乾淨。」

「還是全部吃光嗎？」我訝異地看著她。

她笑著點了點頭。

陪著我將推車送到廚房入口之後，她便向我揮了揮手，搭乘電梯，回到頂樓的病房去了。看著她離去的纖瘦背影，我忍不住想起第一次見她時，那抹清清淡淡，彷彿隨時能被風吹得消散的側影。

晚膳時分，我再次推著餐車，從B1搭乘電梯直上頂樓。將餐點一一送進病房後，我來到晨恩的房間。依照慣例輕輕敲了敲門，聽見晨恩應聲後，才緩緩將門推開。這個時間，外頭的太陽剛剛落下，晨恩便已開好了燈，頭頂上的日光燈管將這不大的空間照得格外明亮，似乎連雪白的牆面都能反射出光來。

晨恩以指尖輕輕碰觸手上的平板螢幕，緩緩從床上起身，趿著拖鞋，笑瞇瞇地走向我。

「謝謝阿姨。」她看著我將餐點放在沙發前的矮桌上。

「難得看到妳在玩平板，有甚麼好玩的遊戲嗎？」我笑著問。

她輕輕搖頭，拉著我在沙發上一同坐下，將平板放在我面前。

螢幕上是一則暫停的新聞影片，畫面定格在我們這家醫學中心的外牆上。按捺不住好奇，我伸手按下播放鍵，記者的聲音即刻傳了出來：「……據傳此間醫學中心已確實研發出人造的人類精卵，並有消息指出該中心非法利用棄置的人類胚胎，製造出與卵巢和睪丸相似的環境，以供前體細胞發展為成熟的精卵細胞。而該中心則向本台表示絕無非法利用等情事，相關技術亦仍在研究階段。更多消息請繼續鎖定本台的後續追蹤。」

我愣愣地看著螢幕，半晌說不出話來。

「下午的即時報導。」晨恩看向我，「晚上可能還會有很多記者擠在一樓。」

這一刻我忽然明白，晨恩之所以與我分享這則新聞，是要我提前做好心理準備。即便我只是個廚房助手，下班要離開中心時，恐怕仍難免會受到波及。畢竟在記者眼中，只要是在中心裡頭工作的人，多少都能耳聞一點消息。

不過，我確實甚麼也不知道。我不知道目前為止，對於人造的人類精卵，中心到底已經研發到了甚麼程度，也不知道那些所謂的棄置人類胚胎是怎麼回事。媒體報導的棄置胚胎，是指中心做出的大量試管嬰兒之中，那些被雙親選擇後所剩下、院方決定淘汰的胚胎嗎？還是那些出於種種原因，不小心流掉的孩子——

「阿姨，」晨恩的呼喚將我拉回現實，「妳還好嗎？」

我回過神來看她，可心頭湧上的恐懼與噁心感，卻無論如何都揮之不去。

「是真的研發出來了嗎？」

她頓了頓。

「應該沒有。今天已經是我第三次抽血了。前兩次實驗時間太長，細胞很快就死去，進行得並不順利。」

我點了點頭，盯著暗下去的平板螢幕，沒有說話。

晨恩端起我送來的餐食，安靜地吃了起來。我猶豫了好一陣，不時瞟向晨恩，最後仍是鼓起勇氣問了出口：

「妳為甚麼會想來做這個實驗呢？」

晨恩將夾起的食物送進嘴裡，輕輕地發出了一個長長的「嗯」之後，才慢慢將食物嚥下，雲淡風輕地答道：

「也沒為甚麼。就是想要有個自己的孩子。」

她的答案簡單得令我吃驚。

「可是，如果想要有孩子……」我略有些狐疑地看著她：「一般自然的方法就行得通了吧？妳不是還在適孕年齡嗎？」

她那麼年輕，不像我。不像我試著生第一胎的時候，都已經三十幾歲了

「阿姨怎麼知道？」她看著我，笑了起來。

我想也沒想便答：「妳看起來很年輕啊。」

她放下餐盤，端起湯碗嘗了一口，隨後又夾起湯裡的蘿蔔塊，輕輕放入口中。

「二十四歲，的確是適孕年齡沒錯。」她點點頭，「但即使身體處在適合懷孕的階段，一般的受孕方法不見得就一定行得通呢。」

我愣了一下，「甚麼意思？」

「這世上總有無論如何都無法克服的事情。所以，簡單來說，就是我沒辦法透過一般的方式受孕。」

我躲開她的視線，難為情地低下頭去。

她說得沒錯——即使現在的醫學再怎麼發達，但這些技術，終究也並非能治百病。更何況，年輕從來就不等於全然的健康，既然晨恩會來到這裡，想必身上也有著難以啟齒，不為外人道的隱疾。

我竟忽略了這一點。竟那麼天真地以為，除了當年可悲的自己以外，其他的年輕女孩應該都能理所當然地受孕。

「真是對不起，」我立刻向她道歉，「是我沒有顧及到妳的感受。」

她詫異地瞪圓了眼睛看我。

「沒有，我一點也不覺得被冒犯。沒事的。」晨恩放下碗筷，伸手揉了揉我的肩膀。

我抬起臉看她。

「我才要謝謝阿姨呢，」她衝著我笑了笑，「謝謝妳在這裡陪我吃飯。」

「哪裡。」我不好意思地笑著。

待晨恩用完餐後，我帶著空餐盤連同餐車離開，一間接著一間收拾其他受試者的餐具和廚餘。回到地下一樓的廚房，我一如既往地清洗所有的碗盤，接著洗菜、切菜，為明日早餐備料，最後才將廚房打掃乾淨，準備下班。

正如晨恩所料，即使時間已經不早了，中心一樓的門外仍擠滿了許多記者，採訪車停得滿滿當當。我戴起外套上的連帽，悄悄地從角落的側門出去，從外頭的紛紛擾擾中脫身。

事隔幾日，醫學中心外頭總算不再有記者來訪，但這場風波卻仍未平息——幾家新聞報導帶來的後續效應，是洶湧的抗議人潮。

人群抗議的那幾日，晨恩總靜靜地站在窗邊，低頭看著那些高舉字條，喊著口號的人們。字條上寫的比新聞報導所提的，還要更為聳動：「反對胚胎製造」、「反對胚胎販售」、「反對泯滅人性的醫療行為」。也有人拿著大聲公宣講，聲稱唯有男性睪丸與女性卵巢製造出的精卵結合，才算是真正的胚胎，其他的一律都是贗品，不能與正常生育狀態下所誕生的人類一概而論。晨恩對這些抗議隻字未提，用餐時分，她也只是一邊吃飯，一邊和我聊聊最近的實驗進度，或是聽我抱怨工作辛苦的地方。

自從上次和晨恩一起看過新聞之後，現在我都會留在晨恩的病房裡陪她一起用午餐或晚餐，再回到廚房繼續工作。有時候輪早班，工作傍晚便結束，晨恩還會特地找我一起去醫學中心的健身房運動——一方面是為了維持自己的體能，另一方面，她說，是為了我的身體健康著想。

「適度運動對更年期症狀很有效喔，」晨恩鼓勵我：「只要有個伴，就容易持之以恆。」

我是在一次不經意之中，向晨恩提到自己的更年期不適的。我的更年期來得很早，十年前就開始有輕微症狀，近幾年越來越嚴重。不僅夜裡盜汗，還經常熱得受不了，即使天轉涼了，還是得開整夜的電扇才能入睡。白天裡常有頭暈心悸的毛病，也容易頻尿，忙碌一陣後總是第一時間就先跑廁所。晨恩知道了以後便提議一起運動，說運動不難，先從走路開始就好了。

每次我都在跑步機上走一個小時。在我踩著步伐的同時，晨恩通常會先慢跑個三十分鐘，剩下的三十分鐘再做各式各樣的不同器材。有時我看她做，動作不難，便跟著嘗試，但到頭來往往都是鬧著玩的，我根本沒有力氣舉起那些東西，也沒辦法把腳抬得像晨恩那樣高。只是說來也奇怪，每次這樣走一走，鬧一鬧，心情確實就好多了，隔天工作起來也沒有那麼累人。就這樣經過了將近三個月後，我的更年期症狀甚至的確改善了一些。

這日早班下班後，我和晨恩照例去健身房運動。當我們同時踩上跑步機時，她告訴我，下個禮拜她要進行手術，恐怕有好幾天都不能陪我了。

「手術？」我在跑步機上快步前進。如今我的體力已有明顯進益，在跑帶上快走也不成問題。

「嗯，取卵手術。」隨著跑步機速度越來越快，她一面說一面跑起來，「醫生說我的白血球已經成功從生殖幹細胞長成精細胞，接下來就要取卵，進行體外受精了。」

我訝異地瞪視著她。

「怎麼培養成功的？新聞不是說要養成精子，需要有和睪丸相近的環境才行嗎？」

晨恩想了想，「聽說好像有人自願向中心捐贈了胚胎，中心利用那些胚胎才培育出類似環境的。」

自願捐贈的胚胎。用死去的、原本可能長成孩子的胚胎，去養出胚胎成形前的樣子。雖然是尚未長大的胚胎，可我卻仍感覺這件事，就像是為了研究出人類如何誕生，而犧牲了一個或甚至數個孩子；像是人們以曾經可能活下來的孩子，作為研究的養分……

「雖然我理解這是無可避免的事，」我調整跑步機的速度，好讓自己慢下來，「但用人類胚胎做出人造精子或卵子，這樣的事，我還是覺得很難接受。」

這是我第一次向晨恩坦白我對人造胚胎的想法。我知道對部分人——例如晨恩——而言，人造胚胎一旦成功，就是一大福音。如果換作當年的我，大概也會為此雀躍不已，覺得在求子這條路上，總算看見了一道曙光。但我絕不會希望自己好不容易求得的孩子，是建立在其他許許多多死去的胚胎上。能藉由醫療協助受孕、順利地擁有一個孩子，已經是天大的奢侈，可現在人們卻仰仗高度發展的生殖技術，貪婪地一次培養許多胚胎，再精挑細選最好的基因植入，甚至將挑剩的胚胎用來做實驗——那些胚胎，本來都有可能長成一個個獨立的生命啊！

晨恩跟著調緩了跑步機的速度。她漸漸慢下來，以快走取代奔跑。

「這是基於一種母親對孩子的愛嗎？」沉默一陣後，她問我。

我頓了頓，一時間沒能理解晨恩的意思。

晨恩接下去說：

「因為愛護孩子，所以不能接受那些沒有機會成形的小孩，最終成為別人實驗的樣本。是因為這樣嗎？因為這樣，所以不能接受用人類胚胎做出來的人造精卵？」

我猛然按下暫停鍵，跑帶瞬間停了下來。

「妳為甚麼要這樣說話？」我反問她，聲線裡揉雜了難以壓抑的慍怒。

但是當我停下來，真的完全停了下來之後，我才發現，晨恩的臉上並沒有任何表情。就像是我第一次見她時，那張清清白白，甚麼情緒都沒有的乾淨臉龐。

這一刻我才理解，她問那句話不是出於質疑，也不是為了諷刺。她之所以這樣問，純粹就只是不明白而已。她不明白那種感情。

我突然感到一陣心痛。

「晨恩，」我走下跑步機，「為甚麼入院這麼久了，妳都只有自己一個人？妳的家人呢？」

晨恩依舊望著前方快走。

「我不知道。」她答。

調整了幾次呼吸後，她接著說：

「我爸爸很早就去世了。我媽媽不太管我，我也常常不知道她去哪裡，每次回家，她身上總是有酒味，也常帶男人回來。自從我高中畢業，搬到外地讀大學後，我們就沒有聯絡了。」

我心疼地看著眼前這個年紀尚輕的孩子。

「那妳是自己報名這個實驗的嗎？沒有男朋友陪妳？」

她搖搖頭，轉過臉來看我。

「我只是想要有孩子而已。想要有孩子，不一定非要有伴侶不可，對吧。」

我看著晨恩，突然間甚麼話都說不上來。

手術進行的那一天，我在廚房忙完，便趕忙搭上電梯，陪著晨恩一同前往手術室所在的樓層。取卵手術只要二十分鐘，我看了看牆上懸掛的時鐘，坐在空蕩的座位區上等候。

手術燈一熄，我便立刻起身迎上去，隨同其他醫護人員，將麻醉仍未退去的晨恩推回病房。一直到醫護人員離去，我在床邊坐了下來，才見晨恩迷迷糊糊地睜開眼睛。

「妳還好嗎？有沒有哪裡不舒服？」我緊張地關心她的狀況。

她笑著輕輕搖頭，「還好。口渴而已。」

我輕輕將她扶起身，倒了杯水給她喝。

慢慢將水喝光後，她淡然地笑著說：

「原來生小孩這麼辛苦。」

「是啊，」我說：「以前我想懷孕，也是得做這種手術，才能做試管嬰兒。手術後實在痛得不得了。」

見她虛弱地點了點頭，我又說：

「等麻醉退去之後會更痛。如果真的有需要，就請護士來，不要忍著。」

「好。」

我又坐回床邊，看著她那張不帶情緒的側臉。

「現在很少有年輕人想生小孩的。為甚麼妳會想要有孩子呢？」

我實在好奇。是甚麼讓她願意平靜地承受這一切呢？生育這件事，總是摻雜著許多疼痛的，無論是心理上還是生理上。如果身邊沒有任何人陪伴或支持，要自己熬過這一切，簡直太困難了。

她笑著轉過來看我，「阿姨妳呢？以前又為甚麼那麼想要孩子？」

我頓了頓。不知不覺間，看著她那雙澄澈純粹的眼睛，我的防備便鬆懈了下來。她的眼底彷彿有一張柔軟的大床，輕喚我安心地躺下——我明白，我可以毫無保留地將自己攤開來，不必害怕。

這是事情發生後多年，我第一次向他人坦承自己的狀況。

我的丈夫——正確來說，是前夫——是家裡的獨生子。夫家一直希望我們能有個孩子，傳宗接代。對於此事，婚前他並沒有向我透露太多，只說，如果能有孩子當然最好。畢竟有了孩子，才算是一個完整的家。我認同他的說法，滿心期待與他共同撫育孩子，陪著孩子健健康康地長大成人，看著他娶妻生子。

然而婚後半年，我的肚子一直沒有動靜。我進一步去做了檢查，先是診所，後來是大醫院，才確認自己患上了子宮肌瘤，卵巢也出了問題——一直以來我視為理所當然的痛經，原來並不正常，我的痛，是因為病。診斷結果出爐後，醫生相當保留地說，我自然受孕的可能性並不高。這實在很難令人接受——作為女人，我的子宮竟無法生育。倘若我無法受孕，我怎麼能在別人面前抬頭挺胸，我連生兒育女這麼基本的責任，都做不到。

我和我丈夫為此試遍所有的方法。我進行了許多次手術，清除卵巢上的囊腫，處理輸卵管和卵巢的沾黏，摘除腫大的肌瘤。手術復原之後打了幾次排卵針，再嘗試人工授精和試管嬰兒。好不容易成功受孕，有了心跳，小心翼翼地呵護著，孩子卻在第二十週，沒有任何原因，悄無聲息地流掉了。

從那次之後，我再也沒有成功受孕過。我們又試了一年，仍舊徒勞無功。而在這段不斷嘗試卻屢屢受挫的過程中，我們白白花去了許多存款，使得經濟狀況日漸窘迫；我的丈夫也因為家人長期的期待和壓力，終於向我提出請求，希望我們能分開，好讓他盡了身為人子應盡的義務。

對於他的要求，我並沒有拒絕。畢竟我又能做甚麼呢。做別人的媳婦，就是要為丈夫生養孩子，這是最基本的不是嗎？我連這點都做不到，我拿甚麼留他？

離婚後沒有幾年，我的子宮再次長出肌瘤，比上次手術所摘除的還要大，導致我每個月大量出血，出血時間甚至一次比一次更長，疼痛也更為劇烈。醫師診察後建議我摘除子宮，否則在不久的將來，大量的失血將危及我的生命。

我於是拿掉了我的子宮。那年我三十八歲。

我從來不曾告訴過別人，自己是個沒有子宮的女人。卻沒有想到在事過境遷多年以後，我竟告訴了像晨恩這樣的一個年輕女孩，甚至在說出口之後，才大膽地希望她能明白我的處境——畢竟她年紀那麼輕，明明還在適孕階段，身體就沒有了生育的能力，而非要尋求人造胚胎的協助不可；像晨恩這樣的一個人，我想，她會明白我的。

聽完我長長的告解之後，晨恩沉默了許久。隨後，她稍稍直起身子，伸手捏了捏我的肩膀——就像那天我向她道歉時，她一面說沒關係，一面對我道謝一樣。

那個動作就像是在說，一切都過去了，沒關係了。

不知為何，我的眼眶突然間濕了一圈。

彷彿試著讓氣氛輕鬆起來似的，她輕聲地笑著說：「現在想要生育，也不一定要有子宮了。」

「是啊。」我跟著笑道：「只是，就算是現在，我也不可能有孩子了。雖然已經有人造子宮，眼看著還要有人造胚胎了，但是我的細胞早已經老化，不能用了。」

去年，醫學中心招募這項實驗的受試者時，我便注意到，他們只招募三十五歲以下的對象。招募公告還明白指出，參與者越年輕，實驗成果就會越好。我後來才理解，人類的細胞原來會隨著時間不斷產生變異和老化。倘若拿這些產生諸多變異的細胞來做實驗，恐怕會產出帶有各種先天疾病或早夭的嬰兒也說不定。中心實在不太可能花這麼大的成本，就只為了製造出畸形或隨時都會遭到淘汰的胚胎。

「阿姨現在還會想要有孩子嗎？」晨恩又問道。

我看著她，點了點頭。

「作為女人，這是我最大的遺憾。不過，我現在也已經不能自認為是女人了吧？都已經沒有子宮了。」

「是這樣嗎？」晨恩疑惑地偏著頭，「我以為，身體裡有著甚麼構造，就意味著身體具有某種功能，而沒有那項構造，就代表沒有那種功能。應該就只是這樣而已。」

「是嗎？」我有些意外地看著她，「但如果沒有子宮，又要怎麼認定一個人是不是女人呢？」

「即使有子宮也未必就是女人啊。」晨恩笑起來，「像有些人一出生就有子宮，同時也有陽具，那又要怎麼說呢？」

我愣愣地看著晨恩。我從來也沒想過這樣的事。

「像那樣的情況，如果後來決定成為男人或女人，就絕對不是依靠器官判斷的吧。純粹是以自己想要用甚麼身分活著，才去做決定的。」

不知怎地，這一刻，我突然想起晨恩之前所說的：即使處在適孕年齡，也不一定就能靠一般的方式懷孕。

難道說，晨恩也是這樣的人嗎？她身上既有男性性徵，也有女性性徵，但

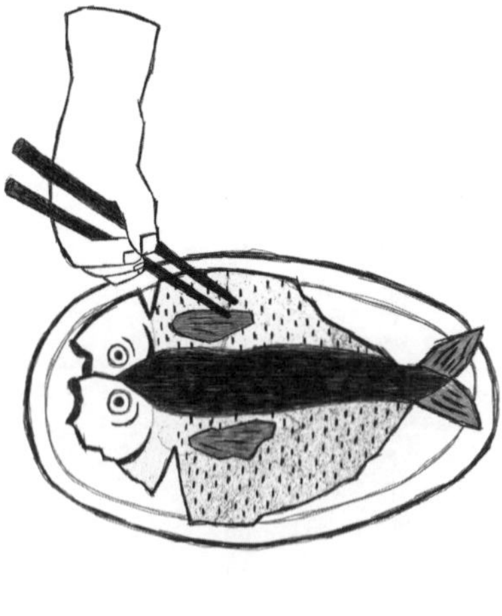

因為發展得並不完全，因此無法順利受孕？但從外表看起來，幾乎不會有人懷疑晨恩究竟是不是女性。

想到這，我索性鼓起勇氣，試探性地問道：「那，妳也是這樣的人嗎？既有子宮，也有陽具？」

晨恩頓了一下，緊接著便爽朗地笑了起來。

「沒有，我不是。我身上只有子宮和卵巢。」

竟猜錯了——我有些尷尬地看著她，勉強擠出一絲微笑。

「不過，」晨恩低下頭去，「不覺得那樣其實很完整嗎？既是男性，也是女性。」

她停頓了一會，又繼續說：

「像這樣的實驗也是。我可以有精子，也可以有卵子，如果我有了孩子，我既會是她的父親，也會是她的母親。」

我茫然地看著晨恩，沒能理解晨恩所說的完整，究竟是個甚麼意思。不過，我唯一聽明白了的是，按晨恩的期待所生下來的孩子，成長過程中只會有一個大人陪伴。想到這裡，我有些於心不忍地說：「可是，這樣一來，孩子會很孤單的吧？小孩只會有父親，或者只有母親。」

晨恩再次笑了起來。

「既有父親也有母親的小孩，就一定比較不孤單嗎？」

我頓了頓，經她這麼一反問，反倒有些不確定起來。

我正囁嚅著不知該如何回應，晨恩卻只是抬起臉來，看著我微笑。

胚胎植入手術訂在取卵的五天後。就目前的情況來說，晨恩的進度是五位受試者中最快也最順利的，或許正如醫學中心所說，越年輕就越有機會成功培養細胞和受孕。反觀其他四位受試者，其中僅有一位和晨恩一樣，已經順遂地將生殖幹細胞培養成卵細胞，準備在體外受精之後植入人造子宮。

在晨恩進行手術前一晚，我一如往常備好餐食，一一送進病房。走進晨恩房間前，我敲了敲房門，意外地無人應聲，也沒有人前來開門。我站在門前等了好一會，見房內始終沒有動靜，感覺不太對勁，便逕自將門推開。

晨恩仍在房間裡。她站在窗邊，手裡持著病房內附的電話話筒，由於背對著門口，我看不見她的表情，卻感覺房間內瀰漫著一股緊繃的氣氛。

「不，不。」晨恩答道：「我不接受探視。」

我躡手躡腳地將餐食放到沙發前的方桌上，避免打擾到晨恩通話。

「……我知道了。讓她進來吧。謝謝您，麻煩了。」

晨恩放下話筒。她轉過身來，見我站在沙發旁，便要我坐下。

「我去會客室，晚點回來。阿姨如果餓了就先吃，不用等我。」她一面說一面披上外套，走出病房。推開門時，她臉上沒有我習慣的那抹笑容，以往那種不帶情緒的淡然似乎也消失無蹤。

我有些憂慮地看著她，卻也沒有立場說些或做些甚麼，只好朝她點了點頭，兀自坐了下來。

約莫半個鐘頭過去，我已經用完晚餐，晨恩卻一直沒有回來。我起身離開病房，悄悄地走向位於頂樓一角的會客室，只見晨恩站在窗邊，看向窗外，而她身後還站著一個打扮時髦、妝容看起來卻相當厚重的女人。站在門外的走廊上，還能聞見她們方才經過時，女人身上所擦的廉價香水氣味。

我保持距離，站在外頭觀望好一陣子。不久之後，兩人在會客室內的音量逐漸大了起來，連對話都能聽得一清二楚。

「我把妳的條件生得這麼好，妳卻跑來做這甚麼亂七八糟的實驗？想要生小孩不會去找個男人嗎？」

我嚥了嚥口水，又聽見晨恩的聲音隨後響起：

「妳已經有自己的家庭了，可不可以不要再來管我，不要干涉我的人生可以嗎？」

「甚麼叫做不要干涉妳的人生，」我聽見女人大罵：「妳知不知道妳做這些很丟臉？妳有不孕症嗎？還是身體哪裡有毛病？或是妳是同性戀？幹甚麼跟這些人一起來做這種東西？」

「我說過不關妳的事。妳如果覺得丟臉，不要認我就好了。」

「我朋友已經認出妳來了，我就算想不認妳都沒辦法，妳以為我樂意？」

女人怒氣沖沖道：「明明是一個正常健康的人，跟男人做個愛就可以懷孕生小孩，居然還來這種地方——」

「我沒有辦法，」晨恩打斷她，「我說過了我沒有辦法，我做不到這種事，我就是沒有辦法跟任何人發生關係。」

「妳這樣說到底算甚麼？」女人更加不滿：「妳覺得像我這樣有很多關係的人，很亂、很髒，妳瞧不起我，是不是？」

兩人頓時安靜了下來。隨後，我聽見晨恩慢慢開口：

「我從來就不覺得性是一件骯髒的事，」她的聲音聽起來既冷靜又疏離，「要發展甚麼樣的關係，是每個人的自由。只是對我來說，性就是一件無聊的事。我沒有興趣也不想做。」

女人不可置信地直搖頭。

晨恩轉過臉看向時鐘，毫不猶豫地走向會客室門口。

女人喊住她：「妳要去哪裡？」

「會客時間已經到了，」晨恩答道：「妳若不走，等等也會有人請妳離開。」

走出會客室之前，晨恩又說：「妳如果不想認我，別人認出來時，否認到底就是了。說妳不可能有這麼大的女兒，這樣就好了。」

一走出門外，晨恩就看見呆站在不遠處的我。她露出我熟悉的那張笑臉，朝我走了過來。

「對不起，讓妳久等了。我這就去吃飯，很快就好。」

她一面說一面經過了我，走回病房。我安靜地跟在她後面，回想著方才她和另一個女人的對話。

那女人應該是晨恩的母親沒錯。也就是說，晨恩的母親直到最近才知道，自己的女兒自願報名了人造胚胎的實驗嗎？看她那麼反對的樣子，恐怕之前完全沒有意識到，女兒會來參與這項實驗吧。搞不好也是因為近期抗議聲浪越來越大，才知道醫學中心竟然在執行這項測試。

我推開房門，晨恩正坐在沙發上用餐。見她加快進食的速度，我便勸她不必急，旋即又去其他病房先行收拾。當我將其他四位受試者的餐盤和廚餘整理乾淨，分類收上推車時，晨恩已經用完餐，站在走廊的另一頭等我了。

我將推車推過去，晨恩隨即俐落地將空餐盤放上。還是老樣子，她總是將食物吃得一乾二淨，一點殘羹都不剩。

「我陪阿姨下樓吧。」她說。

她走到我身旁，陪著我將整車的碗盤推到電梯口，又揿下電梯鈕。

等待電梯到來的空檔，我先開了口。

「我一直以為……」我頓了頓，「妳是因為身體上的疾病，沒辦法生育才來這裡的。」

她毫不介懷地回應道：「阿姨都聽到啦。」

我不好意思地笑了笑，點頭承認。

「該怎麼說呢，」她想了一會，「一般來說，大約在青少年時期，人們就會對異性或同性產生好奇，想要進一步接觸或認識。無論如何，至少會有個感興趣的對象，對吧？」

我點點頭。

「但是我完全沒有那種感覺。只覺得大家都是朋友，沒有那種想和誰再更親密一點的念頭。也曾經有人問我，有沒有過對誰悸動或心跳加速的感覺——我想了很久，確實都沒有。」

我不可思議地看著她。

「到現在都沒有嗎？沒有喜歡上任何人的經驗？」

「阿姨所說的喜歡，是指有佔有慾的那種喜歡對吧？」她坦然答道：「沒有。我從十四歲就開始摸索，因為身邊的大部分朋友，從十幾歲起就陸續有喜歡的對象了。這十年來，我身上真的都沒有發生過這類的事，所以很不明白佔有慾是甚麼，頂多只有『某個朋友最近好像跟別的朋友走得比較近』，這樣的失落感而已。」

電梯門開啟了。晨恩替我將推車推進電梯角落，我跟著走了進去。

我又緊接著問她：「有試著談過戀愛嗎？」

這次她倒答得不假思索：「有喔，我談過戀愛。男生女生都有。」

我鼓勵她接下去說。

「原本都是朋友，後來對方想要更親密的關係，才向我提議，希望可以交往看看。本來我跟對方還可以很自然地摟抱，可是一旦對方提出交往兩個字後，我卻無論如何都覺得尷尬。更親近的舉動當然就不用說了，即使再怎麼不願意傷害對方，心裡還是無法克制地感到厭惡和噁心，也因此完全無法繼續下去。」

一聽晨恩這麼說，我感覺自己完全開拓了眼界——原來這世上竟有人從來不曾對誰怦然心動過，也不明白戀愛的意義何在。我以為對任何人產生情愫，是所有人類共有的經驗，至少活了大半輩子，我從來就沒有想過其他的可能。

「那麼，像是一般的浪漫偶像劇、流行情歌那一類的，會引起妳的共鳴嗎？」我忍不住好奇地追問。

晨恩大笑：「不會，我覺得很難理解。」

我恍然大悟地點點頭。

電梯來到地下一樓。晨恩陪著我將推車推到廚房入口，我拍拍她的手背，向她道了聲謝。晨恩笑了笑，說了句明天見，便轉身走往電梯的方向。

我盯著晨恩的背影。相識以來，我對晨恩總有許多的好奇和困惑。我下意識地知道，那些困惑最終都可以集結成一個單純的問題，但這個問題的輪廓和面貌一直很模糊，相處這麼長一段時間，我依舊找不到合適的字句可以提出。直到今天見到她與她的母親，也在剛剛終於明白她為何求助於人造胚胎之後，我總算弄清楚那個問題本身應該是甚麼。

「晨恩。」在她準備走進電梯時，我叫住了她。她轉過身來，臉上仍然是那張清清淡淡、沒有喜怒的面龐。

「妳是不是很孤單呢？」

我問。隔著幾公尺的距離，我看見她的表情起了細微的變化，先是略微的震驚，隨後是迷惑和猶豫，最後，又回到那抹平靜輕淺的微笑。

「嗯……」她稍稍偏著頭，「雖然我幾乎可以說是自己一個人長大的，長大之後也不曾擁有過真正親密的關係，」她頓了頓：「可是，我並不孤單喔。我想那是因為，自己總是可以很輕易地感覺到愛吧。像是陌生人的善意、朋友間的問候和關心，那些愛我都感覺得到。我想之後實驗順利的話，我應該也能感受到阿姨之前所說的母愛吧。」

她一邊細數一邊點頭。

「所以，我確實並不孤單。何況，我還在這裡遇到了阿姨妳呢。」

她笑著這麼說，隨後又朝我揮了揮手，走進了電梯。

「明天見啦。」

我對著她離去的身影喊道。

胚胎植入手術訂在一早。值班前，我便先到醫學中心頂樓看看晨恩。她的氣色看起來不錯，胃口也和平常一樣好，早餐還是吃個精光。見她一點都不緊張，我也就跟著鬆了一口氣，對手術及術後的成功率有了信心。

「術後好像不能劇烈運動。」晨恩嘀咕道。

我點頭：「那之後我快走一小時，妳散步一小時。我會盯著妳的喔。」

聽我這麼說，她便笑了起來。

一直到手術前二十分鐘，我們才搭乘電梯下樓，坐在手術室外的座椅上等候。我筆直地盯著時鐘上不斷走動的分針，心裡又禁不住忐忑起來。

「阿姨。」

沉默之際，她突然開口叫我。

我轉過臉看她，「怎麼了？哪裡不舒服嗎？」

「沒有，」她直視著不遠處的手術室，「我只是在想，之後如果順利懷孕了，這個孩子的名字可以由妳來取嗎？」

我愣愣地看著她。

「為甚麼？」我問。

「因為我希望這個孩子，未來可以長成像阿姨一樣的人。」

我不禁失笑，問道：「像我？像我有甚麼好。」

「像妳很好呀，」她轉頭看我，「妳是我遇見過最寬厚，最溫柔的人了。」

我直視她的雙眼，恍惚了好一陣——寬厚？溫柔？我嗎？

我怎麼，從來就不知道呢。

「好嘛，」沒等我答應，晨恩伸手勾住我的指頭，「就這麼說定了喔。」

我仍有些疑慮，半開玩笑地試探道：「妳真的確定嗎？不怕我亂取名字？」

晨恩用力地點了點頭，一臉放心的樣子：「妳取甚麼樣的名字都可以。只要是妳取的，就是最好的。」

我看著晨恩，又看了看她勾住我的小拇指，既無奈又有些寬慰地曲起手指，勾住了她的。

「好啦。我知道了。」

一聽見我說好，她便滿臉是笑，高高興興地晃了晃與我打勾許諾的手。片刻過去，她才鬆開指頭，站起了身。

「謝謝阿姨。那我就先進去囉。」

我慌忙地跟著站了起來，她又伸手按住我的肩膀，笑道：

「沒問題的，我自己進去就好。」

我猶豫地看著她好一陣，才點了點頭。

「好，」我說：「我就在這裡等妳。」

她朝我揚起一抹輕鬆的笑容。隨後，她安心地轉過身，步履輕盈地進了手術室。在護士關上門前，她彷彿確定我的視線仍在她身上似的，瀟灑地，朝身後揮了揮手。

香水

當湘文聞見酒汁恣意擴散的清甜香氣時，她記起了第一次與念榕約會那日，自己身上擦抹的，便是這般活潑香甜的味道。

那天出門赴約之前，向瑋曾柔聲叮囑她，如果辦不到，不用勉強——畢竟這樣的關係，她是頭一次嘗試。向瑋那時大概不會知道，自己竟想錯了。和向瑋一樣，這當然也是湘文意料之外的事：原來她辦得到，她甚至比自己想像中的，還要得心應手。

她捧起斟好的氣泡酒，站在落地窗前，凝視入夜的維多利亞港。酒店坐落在尖沙咀，放眼望去便能見到中環一帶，此起彼落的高樓大廈在夜裡亮起燈火，一整片璀璨倒映在海面上，絢爛奪目，彷彿隱隱湧動的七彩琉璃。

出差時本沒想過訂尖沙咀的酒店，更沒想過訂上港景房。有港景的房間，價格總特別貴，她又沒覺得有這個必要。就算是半年前和向瑋一同慶祝結婚週年，她也沒有想過要飛一趟香港，或飛至其他地方旅行，只在臺北訂了上等的餐廳和套房，和向瑋共度浪漫一夜，也就滿足了。

倘若不是念榕提議，要跟著她飛香港，趁她出差的空檔約會，她大概想都不會想到要在這種地方住上一晚。尤其香港味道複雜，人口一密集起來，甚麼樣的氣味都有。食物、煙味、交通排氣，還有那空氣裡滯悶得不得了、彷彿總有死物腐爛般的味道，全龐雜地聚在一塊，正似這座地狹人稠的半島，嚴絲合縫地鎖在一個小小的香水遮光瓶裡，稍一打開，便聞見混雜難聞的刺鼻異味。

她總怕沾染這些味道，可念榕卻喜歡香港。她喜歡它的氣味、飲食、街上悠悠巡過的叮叮車，也喜歡人們嘴裡吐出的獨到語言和口音。說起來，念榕確實在許多方面，都與她相當不同：念榕是個剛出社會不久的新鮮人，年紀很輕，而她自己則已經三十多歲，在社會歷練打滾多年；剛交往時，聽起念榕談及對關係和婚姻的看法，她也發覺兩人之間有著不小的落差。就比如，湘文在最初進入婚姻時，是懷著對感情絕對忠誠的決心而與向瑋結婚，可對念榕而言，即便有意要維持感情，婚姻也不是自己堅持不散，就鐵定不會散的。花會開，花也會敗，那就是自然的法則，世上沒有任何一切可以逃離這個最大的根本原則——她記得念榕曾經這麼說過。或許正因如此，她總感覺念榕面對她們之間，即便認真，也都還是抱持著某種程度的灑脫和無謂，令她以為，念榕或許比她和向瑋，都更適合這種非一對一的關係。

她和向瑋兩人，都長了念榕近十歲。她們已習得了許多成人世界的潛規則，服膺於種種不見得合理的體制與約定俗成，即便年輕時候曾有稜角，也早已被磨平。早年，湘文先是熬過了國外香精公司的高壓訓練，在新加坡當地調香數年，等合約期滿又離開公司，回到臺灣工作，離職後才如願以償，獨立創辦了自己的香水品牌；向瑋則一直留在臺灣，讀完研究所後進了生物科技公司，擔任儀器工程師至今。兩人直到前年才結了婚。

進入婚姻前，她們業已交往了十幾年。念同一系所的兩人在大學時代在一起，交往後不到兩年就畢了業，一個遠赴新加坡，一個留在臺灣，開始長達五年的異地戀。遠距離的關係本就難以維持，人在國外的湘文更經常忙得天翻地覆，許多時候連和向瑋報個平安的機會也沒有，可以忙得好幾天都沒有聯絡。湘文那時經常會想，不如就這樣算了。她實在太累，無法撐持一段關係，倘若真分開也就罷了。卻沒想到向瑋仍這樣等了她五年。甚麼爭吵沒有過，偏偏總沒有真的分手，吵到最後，向瑋總是會說，等她回來一切就會好了。等到湘文真的回到臺灣，兩人便在各自賃居的地方，重新溫習彼此的存在，又漸漸地同居在一起，湘文到那一刻才真正放下懸著的一顆心，認定向瑋是她此生的唯一伴侶，不再輕易去想分開的可能。在兩人結婚之際，湘文又更加確定，這件事情不可能再有動搖。

但就在她們結婚一週年，在飯店床上纏綿之際，向瑋卻在她耳畔輕聲說，她認為，她們應該給彼此更多向外尋索的自由。

湘文不理解她的意思，當下眉頭便皺了起來。

她尋思，自己難道沒有給向瑋充分的自由？可是這說不過去——十幾年來，她們都共享著彼此的人生，即便扣除分隔兩地的那五年，兩人密切相處的時間也至少有八年，她們之間早就有著絕對的熟悉與默契，她從來不必要求、也不必限制向瑋做或不做甚麼，因為她已十分了解她。奠基於這種了解，她對向瑋本是全然信任，自認不曾剝奪過她任何行動或決定上的自由。

「我不明白妳的意思。」湘文困惑地回應道：「我限縮了妳甚麼嗎？」

向瑋搖頭，將自己的上身撐在湘文上方，俯視著她。

「不是妳限縮了我甚麼，」她說，「是這段關係限縮了妳，也限縮了我。」

湘文疑惑地半瞇起眼睛。她還是弄不明白向瑋想表達甚麼。

向瑋溫和地笑了笑，「這麼說好了。妳想一想，在我們交往期間，除了我以外，妳是不是也曾經對其他人有過慾望？」

湘文直視著向瑋，看出她的眼神裡沒有絲毫問罪或批判之意。但她沒有答話，她知道此際自己尚不必開口回應，向瑋必定還有話留在後頭，還沒說完。

而正如湘文所料，向瑋繼續說：

「我想妳有。正如我也有。」

她調皮地親了一下湘文的臉頰，好似開了個無傷大雅的玩笑，親一口便能取得原諒一般：「這就是我所謂的，我們被關係限縮的意思。我們不夠自由——因為不夠自由，所以除了彼此以外，面對其他有感覺、有慾望的對象，我們都必須自我約束，不越雷池一步。」

湘文頓時聽懂了。她沒有說話，只將自己的身體從向瑋身下移開，緩緩坐起。向瑋靜靜地看著她的一舉一動，耐心等著答覆。

須臾，湘文搖頭失笑，說道：「妳的意思是，我們除了彼此，還可以發展別的關係？」

向瑋一面試著重新拉近兩人的距離，一面警覺地觀察著湘文的反應。

「對。」她坦率地說：「我覺得，我們應該試著開放關係，給雙方更多探索的機會。」

湘文暗暗咀嚼著開放關係四字，又轉頭看她，對上她的視線，「那如果在探索的過程中，愛上了別人呢？」

她本以為這麼問，能讓向瑋重新考慮這項提議，甚至徹底否決它，從此以後便不再提起。可她沒料到，向瑋的眼底反倒為此亮了起來。

「我們可以在相愛的同時也愛著別人，」向瑋相當歡快地說：「只要我們心底清楚，彼此還是最主要的關係，其他都是次要關係，算是旁支，這樣就可以了。」

湘文錯愕地看著她的反應，愣了許久。

是從甚麼時候開始的？她為甚麼沒有發現，向瑋居然在盤算這樣的事。主要關係、次要關係、旁支，這些多對多關係的詞彙和進行的細節，不是一朝一夕就能知道的。向瑋對此事琢磨了多久？她就這麼渴望和別的人發展？就在她認定自己進入婚姻，便必須對向瑋終生守貞的時候，向瑋在計畫的，竟是這樣一件事嗎？反正她們兩人已經結婚，無論她如何與他人產生關係，如何談了戀愛又分開，最終，她身邊都還是會有她在——向瑋是這樣打算的嗎？

彷彿驗證她的想法似的，向瑋此刻又開口，說道：「我覺得我們之間的關係已經很穩定了。既然要攜手共度一輩子，我們就像彼此的港灣一樣，再如何跌跌撞撞，我們都還是在對方身邊。我們可以探索不同的關係，嘗試與不同人交往，之後還可以互相分享彼此的經驗和感受……」

湘文長長地吐出了一口氣。她突然再無法忍受向瑋那眉飛色舞的表情，即刻便別過臉去，看向窗外層層疊疊的高聳樓宇，希望自己此刻身在窗外的任何一棟樓裡面，哪裡都好，總之不是在這裡。她盯著無數座大樓燈光在夜色中閃閃爍爍，看見自己和向瑋的身影倒映在窗玻璃上，與建築物疊合在一起，那麼虛無飄渺，那麼真假難辨。她懷疑，這麼長一段時間以來，自己對向瑋的認識莫非也是像這樣，影影綽綽，不甚真實，即使她們已經相伴了這麼多年？而提出這般要求的向瑋，又真的了解她嗎？倘若她了解，她怎麼能夠開這個口？

「湘文。」似乎見她表情不對，向瑋止住了話頭，往她身旁湊了湊，試著伸手觸碰她。

可在向瑋觸及她之前，湘文便開了口，打斷她的動作。

「我以為婚姻就是一對一的關係。」她冷淡地說。

向瑋頓了頓，收回手。「沒有非要一對一不可。」

她沉默了一陣，像是斟酌著措辭似的，過了好一會才又說：「如果妳我願意，所謂的一對一，就只是一種成規而已。我相信妳和我一樣，當時遠距這麼久，難免對別人有過渴望吧？」

湘文垂下了眼簾。

真要說起來，也不能說沒有。但她總是點到為止。那些渴望，充其量只是她一廂情願的幻想而已，那道底線她從來就沒有越過去。她從未和向瑋分開，既有了向瑋這樣一個伴侶，她就不可能放任自己越界。無論她隻身一人在國外再怎麼孤苦無助，那也一樣。她盧湘文不可能做出背叛關係的事。

「即使有，我也不會怪妳，」沒等湘文回應，向瑋又接道：「關係最重要的是誠信。既然我們現在把話說開了，日後我們要和其他人曖昧、戀愛、上床，那都不算是背叛。重點在於，我們必須要事先告知，不要欺瞞對方。彼此要有絕對的坦誠。」

湘文一面聽，一面意識到了一種可能性：在過去的日子裡，也許向瑋早已經私下逾越了應有的底線，發展過別的關係，只是從來不曾讓她知曉。如今她突然選擇開誠布公，是不是因為有誰出現，令向瑋又動了交往的念頭？

「妳或我主動跟彼此坦白，就不會引起另一方的嫉妒了嗎？」湘文反問她。

向瑋搖頭。

「不一定，可能還是會。所以我們要一邊試，一邊討論，隨時調整我們的關係向外開放的界線。也要掌握好主要關係和次要關係的輕重，不要讓次要關係影響到我們之間。」

聽到這裡，湘文突然笑了起來。

何必呢——何必要將事情弄得這麼複雜？那麼多關係，經營得來嗎？生活裡難道只有感情需要付諸心力，沒有其他事務需要煩心嗎？她不禁對這一切感到荒唐，同時又覺得萬分疲憊。她不想談下去了。索性向瑋想怎麼樣，就怎麼樣吧。她想去愛別人，那就去愛。她不攔她。

「好。」湘文抬起臉來，「就照妳說的做吧。」

向瑋停頓了一下，沒立刻應聲，視線停留在她臉上，似是想捕捉她情緒的蛛絲馬跡。

「妳有其他想法嗎？」她試探性地問。

湘文又低下了頭，「沒有。」

向瑋伸手環住了她的肩。她沒有閃躲。

「我希望，我們嘗試開放式關係，不是只因為我提出了這個想法，」向瑋試著說明，「而是妳也會樂在其中。這樣一來，我們的關係不但能更長久，也會更健康。」

湘文不明白健康這個字眼從何而來。她只覺得疲倦，前所未有地疲倦。

「妳所謂的健康，指的是甚麼？」

向瑋笑起來，「健康嘛，就是指關係可以做到完全的透明、信任，既有安全感也有變化的彈性。」

湘文莫名覺得，此刻的向瑋像極了某種宗教的狂熱信徒，以溫柔卻堅決得不容質疑的口吻，傳遞她所信仰的理念；又像是過分熱情的直銷人員，向客人強力鼓吹旗下商品，企圖販售一種樂觀、向陽、充滿活力的未來。

她伸手揉了揉眉心。

「妳確定這個方法適合我們嗎？」

向瑋低頭輕吻她的頭髮，「總要試過才知道。否則再過幾年，我們可能對關係倦怠，對彼此都不會有慾望了。妳希望我們變成那樣嗎？」

湘文閉起了眼睛。甜酒中的淡淡玫瑰香氣混合著麝香與荔枝甜香，幾度飄進鼻腔之中，將她從思緒中拉回現實。幾乎是同一時間，她又聞到自身後逸散開來的另一股氣息——那是念榕身上獨有的清淡體香。她是先聞見味道，之後才感受到念榕在短暫的剎那抱住了自己的。她感覺到念榕伸手圈住了她的腰，感受到年輕女孩身體獨有的嬌嫩與柔軟，深深地吸了口氣，轉頭回抱住念榕，貪婪地嗅聞她身上的氣味。

從第一次見面起，湘文便受到念榕身上這股味道深深引誘。她不知道那股味道究竟是如何組成；每次與她見面，她都希冀能夠解開念榕身上的氣味之謎。那不是香水的味道，最初遇見念榕，念榕就告訴過她，自己從來都不噴香水；此外，每次聞見那味道，縱然整體基調不變，她也都能辨識出細微的差異，可見這氣味確實是由念榕的肌膚表層逸出，泛過毛髮之後向周圍飄散，而氣味的落差，就取決於當日念榕的身體狀況、穿戴的服飾，或者長時間待過的地方。她試著捕捉那股味道——它似是飄渺的樹脂香氣，又有股辛香的氣息，還摻雜

了微薄的皮革味——那味道是那樣好聞，更是湘文從來沒有調配過的獨特芬芳，在她所有設想過的配方之中，她從未想像到這樣一種氣味。

「在想甚麼？」念榕在她的懷裡抬起頭，問道。

她伸手輕揉她的短髮。

「想妳身上到底是甚麼味道，這麼香。」

念榕偏著頭，笑了起來。

「妳還沒想出這個味道的配方嗎？」

湘文搖頭，仰起臉喝下一口甜酒，隨即吻上念榕，將嘴裡的甜香一點一滴餵給她。杯中酒尚未飲盡，她便放下酒杯，與念榕雙雙倒在床上，互相褪下彼此身上的衣物，輕吻對方身上的每一吋體膚。

隔日，兩人睡到將近退房時間才轉醒。將行李寄放在中環，念榕趁著晚間搭飛機回臺前，拉著湘文四處走逛，先是去蘭芳園吃西多士、喝絲襪奶茶，看嘉咸街的壁畫，才又繞回港鐵站附近的石板街，沿著斜坡一路逛著兩側的排檔。

念榕在一處織品排檔前停下。湘文站到她身邊，隨同她的視線瀏覽攤上懸掛得琳瑯滿目的織物。念榕忽然不經意問道：

「要不要帶點甚麼回去？」

湘文沒多想，點了點頭，「好啊，妳想買哪一件做紀念？」

念榕側過頭看她。

「不是，不是我要做紀念的。我是說……」她猶豫一陣，試探性地問道：「是不是帶份禮物回去送她比較好？」

湘文聽到這裡才明白，念榕原是想買份伴手禮給向瑋。這次帶著念榕一起出差，向瑋是知情的。雖然向瑋從沒有想過，湘文竟會願意帶著念榕一同出國，聽見湘文提及此事時，臉上便難掩震驚之情，但終究也還是答應了——畢竟這是她說的——兩人之間，最重要的無非是坦誠。何況，讓湘文因緣際會認識了念榕的，正是向瑋自己，沒有別人。

湘文記得，開放關係的第一個月，向瑋便交了一個名叫毅凡的男朋友。每次約會後回到家，她都如自己所言，必會向湘文坦白交代，有時甚至連和對方相處的細節都提——湘文反而寧可採取眼不見為淨的策略，講到太深入的部分，她會要求向瑋適可而止。她不想知道那樣多。可每每見到她面有醋意的樣子，向瑋似乎便對她有了更強烈的慾望，總是會激烈地要她，愛她，彷彿有股即將失去對方，心裡認定是最後一次與對方交纏那樣地熱切與全力以赴。

向瑋這般做法，卻讓湘文心中的反感與噁心與日俱增。

那段期間，向瑋甚至一直鼓勵她認識別的人。知道湘文一門心思都在工作上，縱然認識了人，也總是考量對方能否成為工作上的人脈，而從不考慮其他，向瑋便替她下載了交友軟體——同性的，她知道湘文偏愛女性更勝男性，不像她既癡迷於女體的香甜綿軟，又迷戀男身的陽剛硬挺。

湘文在半推半就下試用了軟體，不久後就在軟體上認識了念榕。最初，她只是覺得念榕的照片看上去順眼，偶爾有一搭沒一搭聊起天來，也還算說得上話。雖然念榕年輕，與她有整整八歲之差，說起話來卻有股成熟的氣質，同時不減年輕人應有的天真爛漫。在線上相處一個月左右，念榕便主動邀約，提議兩人一起去看場電影。

正是那第一次見面，使得湘文對念榕身上獨有的香氣著魔般入迷。她只能用自己熟悉的配方語彙去說明氣味可能的組成，去記憶氣味的結構，卻總會在下一次見面時發現，念榕身上的味道，與她所記得的從不完全相同，也比她所能記下的一切，都更加迷人。

她無法自制地一頭栽進與念榕的關係之中，追逐那股她永遠無法捕捉的芬芳。那是她無論如何都渴望親手調製出的香氣。

站在織品排檔前，她看向等著她回覆的念榕，點了點頭。

「好，就買吧。」

念榕淺淺地笑著，問道：「她喜歡哪種花色？」

湘文一把摟住念榕的腰。

「我來挑吧。」她說。

兩人在晚上六點半搭乘飛返臺北的班機。在機上用過餐後，念榕輕靠在湘文的肩上沉沉睡去，湘文則一路清醒，直到另一座城市星叢般的點點燈光映入眼簾。

在兩人搭乘的班機起飛前，她曾收到向瑋的訊息，詢問她抵達的時間。那是向瑋的習慣，在她為了工作頻繁起飛與降落的日子裡，向瑋總會向她確認著陸的時間點，提早前往機場，親自迎接她的歸來。但這次不同。湘文不再是獨自一人出發與回返，她身邊有念榕。因而，她不認為向瑋有必要在這一日再赴機場接機。一來，她飛來飛去早已是常態，她自認沒必要再有兒女情長的作態；二來，她也不需要再多個人作陪，或說，不需要向瑋作陪。於是，她雖如實回覆了向瑋班機抵達的時間，卻也告訴她，不必到現場來接她——理由是，她得先開車送念榕回家。

但向瑋沒有將她的話聽進去。牽著念榕進入航廈後不久，她便瞧見向瑋站在大廳不遠處等她。

她還沒有來得及反應，向瑋便迎了上去。當她一湊近，湘文就聞見她身上的威廉梨香氣。那是湘文最喜歡的香水氣味，在前調揮發之後，會再飄逸出淡淡的蒼蘭味道。

「歡迎回來。」向瑋先是抱了一下湘文，隨後又向念榕伸出手，「妳就是念榕吧？」

向瑋這一連串動作相當自然流暢，一氣呵成，湘文卻不知為何感到格外難堪，全身也不自覺地緊繃起來。

念榕似是也沒料到她的出現，愣愣地看著她好一會，才怯生生地回應一句：「妳好。」

湘文稍稍加重力道，更牢地牽緊念榕的手，看向向瑋。

「走吧，」她克制著自己的情緒，說道：「我的車就停在這棟航廈外面。」

向瑋伸手接過她的行李箱，若無其事地朝她露出笑容。

「好。」

三個人上車，沒等湘文開口，念榕隨即識趣地坐進後座。駛出航廈停車場不久，湘文便直接開上國道——走這條路，估計她們一個小時內就能返抵臺北市中心。

向瑋一面伸手切換音樂頻道，一面問道：「香港好玩嗎？」

「還好，」湘文透過擋風玻璃看向前方，也不時經由後照鏡觀察念榕的神情，「大部分時間都在工作。」

向瑋狀似惋惜，反問道：「沒去哪裡走走啊？」

「沒有。」湘文直接否認，乾脆地堵死了向瑋延續話題的可能。

就在向瑋沉默下來後，她突然想起離開香港前，念榕為向瑋所挑選的那件禮物——這禮物，合該在這時候送出去。思緒及此，她適度地調整了自己臉上的表情，再度開口。

「不過，」她試圖輕鬆地說：「離開前，念榕買了個小禮物要送妳。」

「是嗎？」向瑋訝異地轉過臉去，看向念榕。念榕朝她笑了笑，從隨身背包裡拿出包裝好的禮盒，遞給坐在前座的向瑋。

「一點小心意，希望妳會喜歡。」念榕客氣地說道。

向瑋接了過去，一股作氣將包裝全都卸下。打開禮盒，裡頭裝的是一件刺繡背心，五顏六色的方塊在背心上交錯排列，看起來格外亮麗動人。

向瑋笑起來，轉過臉看著湘文。

「這是妳挑的吧？」

湘文沒有正面回應，「怎麼了嗎？」

「一看就知道是妳選的，」向瑋撒嬌般地說：「妳從以前就喜歡挑這種大膽的用色給我穿，說我穿了好看。」

湘文只是笑，沒有作聲。

進入臺北市區後，湘文擇定了一個捷運站，便讓念榕先行下車。縱然向瑋表現得落落大方，她仍是如坐針氈，也感覺得到後座的念榕並不好過；短暫共乘一車返抵臺北，已經是她最大的極限。更何況，湘文也不想讓向瑋知道念榕確切的住所在哪裡——不知怎地，她對念榕總是會不自覺生起保護慾，即使面對的是她十多年的愛人也一樣。

返家的路上，向瑋不再似念榕在場時那般健談，整個人都沉靜了下來。湘文看了她一眼，思忖一陣，方主動挑起話題。

「吃過晚餐了嗎？餓不餓？」

她注意著前方的路況，卻也察覺得到，向瑋的視線落在了她身上。可向瑋並沒有回答她的問題，反倒問起了念榕。

「妳不是說要送她回家嗎？」向瑋的語氣裡有著若有似無的嘲諷。

湘文好脾氣地笑了笑，應道：「怕妳餓，想了想還是先讓她自己回去。妳都來接我了，總不能讓妳餓著等我。」

「是嗎？」向瑋不吃她這一套，直接戳穿道：「還是因為我來了，妳就不願意送她了？怕我知道她住在哪裡？」

湘文苦笑了一下，嘆了口氣。

「妳既然知道是這樣，」她反問，「為甚麼還要來呢？我都告訴過妳不必來的。」

她話聲剛落，向瑋便即刻暴跳如雷，反駁道：

「以前有哪一次回國，不是我去接妳的？為甚麼唯獨這次我不能去？」

湘文一愣，頗感到有些無奈——方才的情況，難道還不足以說明原因？三個人共處一車，那情形已經不只是尷尬所能形容的了。現場的氣氛簡直像在競賽，相互較勁誰比較沉得住氣，誰比較得體，誰比較能展演出開放關係中嘉許的寬容、大度、坦蕩——可這樣的較勁，有必要嗎？

湘文沒解釋那樣多，只簡單回應道：「妳不來，我們現在就不會是這樣的狀況：妳不高興，我也不高興。」

「妳少怪到我身上來，」向瑋卻還厲聲駁斥，「這整件事情最大的問題，是妳沒有尊重我作為主要伴侶的權利。」

湘文本不想同她吵，可當向瑋一提及尊重這個字眼，壓抑許久的怒氣便從體內隱匿的各處全竄了上來。她立即打了方向燈，確定右側車道沒有來車，果斷地切了過去，將車停駛在路邊。

「尊重？」將車停下後，她冷冷反問，「妳有甚麼立場和我談這個？」

「我怎麼沒有立場？」向瑋理直氣壯，「每一件事情我都尊重妳的想法、妳的意見，無論甚麼決定，都是提出來和妳一起討論過的。確認要開放關係之後，我們也說好，不能讓次要關係影響主要關係，並且所有事情都要坦白透明。」

湘文一面聽一面氣得渾身發顫——向瑋那樣的作風，壓根不叫討論，而是單方面地試圖說服另一方，要她接受一切。這件事情，她們兩人從頭到尾都沒有共識，她和向瑋就像站在兩個極端：絕對的不開放與絕對的開放。為了關係存續，她同意了向瑋的開放，而她自己，就是盡可能地配合向瑋。要說尊重，她以為，向瑋是最沒資格談的。

可向瑋依然篤定自己有理：「開放關係後，我也做到之前約定好的，每一次約會回來都會和妳分享，鉅細靡遺——」

「妳沒考慮過我想不想聽吧。」湘文不留情面地打斷了她，「妳覺得自己談好的、約定好的，無論是分享，還是開放，都不過是妳一廂情願。」

向瑋沒想到她會這麼說，頓時愣愣地看著她。

「當時妳不是也說了好嗎？」她像個消了風的氣球般，氣勢委靡了下去。

湘文冷笑著反問：「妳都說了，開放關係是為了我們好，我能不答應嗎？」

一時間，兩個人都不再開口。湘文雙手抱胸，漠然地瞪視著前方的擋風玻璃，向瑋則繃著一張臉，轉頭看向窗外。街上的行道樹在晚風中頻頻搖曳，另一側則有行經的車輛不斷呼嘯而過。車燈映過側臉，兩人的面目在夜色中忽明忽暗。

就在前方路口的號誌燈經過幾次變換之後，湘文的心緒才總算平復了下來。她整理了一下思緒，啟唇問道：

「妳現在還覺得這個方法適合我們嗎？」

向瑋抽了張紙巾，擤了擤鼻子。

「我們重新談吧，」她說，「調整一下開放的尺度。」

湘文頓了頓，沒作聲。

「我這麼提議，」向瑋試著解釋，「是期待我們之間一切都能共享，沒有任何祕密。」

「但我不想要開放式關係。」湘文淡淡地說，「像剛才那樣，三個人都在，太複雜了，這樣的關係我不擅長。」

向瑋轉過臉來看她，一臉誠懇，「我很抱歉。這件事情不會再發生了。妳和念榕相處的時候，我不會介入。」

湘文仰起臉，閉上眼睛。聽出了向瑋不會放棄開放式關係，她一方面感到心死，另一方面卻也鬆了口氣——她不用逼著自己放棄念榕。或者，放棄她身上的香氣。

「妳的意思是，我們的關係還是要維持開放，是嗎？」她向向瑋確認。

向瑋應了聲是。

「我覺得我們只是……還沒有找到平衡，」她一面忖度一面說，「應該還可以繼續試試看。況且，到目前為止，我們其實做得還算不錯，對吧？」

湘文伸手揉了揉臉，睜開眼睛，轉頭迎上向瑋的視線。

「好，但我有條件。」她說。

向瑋愣了一下，隨後點頭，鼓勵她繼續說下去。

「如果妳希望我能和妳分享，我會盡可能告訴妳。但關於妳的，我不想知道太多。」她垂下眼睛，「我無法處理自己的嫉妒。所以，妳只要告訴我妳目前的對象有誰，甚麼時候要和誰出去，要出去多久，這樣就夠了。其他的，都不用讓我知道。」

向瑋一面聽，一面低下了頭，緊緊地交握著自己的一雙手。

「好，」她說，「我明白了。」

在湘文回到臺灣後不久，香水品牌在香港開幕週的促銷活動便如火如荼地展開。雖然工作忙碌，湘文和念榕兩人還是盡量把握機會與彼此相處，平日一下班，念榕便會到湘文的公司，在辦公室裡陪著她度過加班的時光，結束後再由湘文開車送她回家。

那日爭執過後，湘文一直謹記約定，盡量告訴向瑋自己和念榕之間互動的情形。那些相處內容其實索然無味，不過就是相當日常的陪伴——就像大學時代的她們一樣——而向瑋聽了以後也說，她實在不解，湘文為甚麼誰也不選，偏選了生活無比單調，甚至是到了無趣地步的念榕。

可湘文一直沒有告訴她，念榕身上真正吸引她的，是氣味。

湘文反思，自己之所以不願意讓兩人長時間相處，除了她無法處理三人關係、氣氛困窘以外，還有另一個原因：她怕向瑋知道了念榕身上的獨特清香，而那是向瑋無論如何，都無法讓自己擁有的味道。她還記得在大三時和向瑋選修了同一堂課，原本只是互相知道而無交集的兩人，就因為那堂課的分組而認識了彼此。雙方逐漸熟悉了以後，湘文才終於敢開口問她，她身上那股香味究竟是甚麼。

那是向瑋慣用的香水氣味。經典的威廉梨與蒼蘭。不是湘文熟知的大品牌，那個品牌的味道她是知道的——向瑋所用的是另一個小眾的品牌，除了經典的配方以外還添加了更為繁複的木質調香氣，讓味道更加沉穩內斂，原有的輕盈甜美變得低調許多。她無法否認，自己一開始是先被向瑋身上的香水所吸引的，正如此刻她深受念榕的氣味吸引一般——可要命的是，前者的香氣是附加的，被添上的，不是向瑋固有的原生體香，一旦沒有了那股味道，最初吸引她的因子就不復存在；而念榕的卻時刻發散，周身環繞，彷彿她就是香氣本身，她自己，就是一支渾然天成的香氛逸品，難以復刻再造。

作為一名調香師，湘文非常知道這究竟意味著甚麼。

這一夜，念榕一如往常來到湘文的公司。湘文牽著她進了自己的辦公室，辦公桌上擺滿了各式各樣的單方精油，那是她平常開發或調整香水配方時的必備品，一向齊全，所有調性的氣味一概不缺。

她拉了另一張椅子，要念榕在她身邊坐下。

念榕好奇地看著她。平常她都是坐在辦公桌對面的沙發上，就著筆電或書籍，安靜地等她一晚上的。

「怎麼了？」她一面坐下一面問道。

湘文笑了起來。

「我要再試一次。」她說。

湘文俯低身子，將自己埋進念榕的頸脖之間，深深嗅聞。

有淡淡的薑的氣息，混合了一點山雞椒的味道。包覆這些氣味的是和古巴香脂類似的香氣，還有沒藥香。濃烈沉重的樹脂味道之餘，還有輕盈的木質調，像杜松枝或杜松漿果。是不是還有別的——她猛地再吸了一口，鼻息撲在念榕頸間，呵得她發癢，忍不住笑了出聲。

「好癢。」她細聲呢喃。

湘文稍稍抬起臉來，帶著淘氣輕吻她耳垂，又吻她頸項。

「想要嗎？」知道念榕敏感，她惡作劇般問道。

「妳很過分。」

她笑著揉她的髮，「等我一下。」

她從桌上抽起數罐精油，按比例滴至燒杯中，再加入香水級酒精，緩緩攪拌。等所有精油與酒精悉數融合後，她又拿起試香紙，凹折兩端後輕點燒杯中的液體，在鼻腔前輕微晃動。調整好的香水氣味隨著動作飄散進入嗅覺神經，湘文略略皺了下眉——前調的香氣已經比上次更接近了，卻依然差了點甚麼。

她轉過身面向念榕，伏到她身上，細聞她耳後的味道。不是杜松漿果嗎？那會是甚麼？竟有一點點海潮的氣息——

「味道不對嗎？」念榕輕聲問。

湘文抽開身子，「妳今天有去哪裡嗎？河邊或海邊之類？」

念榕搖頭。

「沒有，在公司寫了一整天的文案，下了班就來這裡了。」

「好，沒關係。」湘文稍稍轉過身，拿起另外一張試香紙，吸附氣味後又擺在原先第一張試香紙旁，「說來也奇怪，我總是能聞出妳味道的調性，但不知道為甚麼，調出來的就是不會一樣。」

念榕仍是一臉笑。

湘文牽住她的手，專注地等待時間分秒過去，才接著嗅聞兩張不同的試香紙。她抽起桌上另一罐精油，仔細加入一兩滴，最後將杯中調配好的香水小心翼翼地倒入遮光瓶中。

「好了，我們下班去吃飯吧。」她宣布道。

念榕有些意外地看著她，「妳今天不用加班嗎?」

湘文收拾了桌上零散的精油罐，一一擺回原位，便又轉身親了她一口，綻開笑容。

「不用。走吧。」

帶著念榕在附近餐廳用過晚飯，湘文又慢悠悠地開車載她回家。向瑋今晚不會回去過夜，一早出門時，她便說晚上會留在毅凡家，要湘文不必為她等門。湘文遂簡單地收拾了衣物，知會向瑋一聲後，打算這夜也不回去了。

下了車，看到湘文從後座拉出背包，念榕這才意識到湘文今晚會在她的住處過夜。湘文鎖上車門，隨即輕輕點了點她的後腰，讓念榕領著她上樓。

剛剛帶上門，等不及脫下鞋，念榕便在玄關捧起她的臉吻她。湘文知道她已忍耐很久，捨不得壞了她興致，便隨手扔下身上的背包，剝下她身上的一件件衣物，將她壓到牆上，溫柔地愛撫她身上每一處敏感帶。念榕也伸出了手，悄悄探向湘文下身，以指尖勾連出她深沉的渴望。

事後，兩人疲倦而滿足地靠牆休憩。念榕輕啄她的側臉，語帶嬌柔地問她：

「妳今天不用回去嗎？」

見湘文搖頭，她又問：「為甚麼？」

湘文捏了捏她纖細的手指，答道：「說好了今天她去男友家過夜，我就在妳這裡過夜。」

念榕點了點頭，隨後以湘文的大腿為枕，放鬆地躺到木地板上。

湘文低著頭看她。注意到念榕一臉欲言又止的表情，她笑著問道：「怎麼了，想說甚麼？」

念榕直勾勾地盯著她。

「等妳調製出了我身上的味道，我們是不是就會分手？」她平靜地問道。

湘文有些詫異地瞪大眼睛。

「當然不會。妳怎麼會這樣想？」

念榕眨了眨眼睛，沉吟了好一陣。

「不知道，」她說：「總覺得妳好像一直在找方法，好讓身邊的人變得可有可無，隨時都可以被取代。」

湘文愣了愣，而後不置可否地聳了聳肩。

念榕沒再追問。她伸手觸摸湘文臉龐，柔軟的手掌輕輕包覆住她的面頰，靜靜地凝視著她。

片刻過去，她又問了另一個問題：

「妳和她，為甚麼會選擇開放式關係呢？」

不知為何，那一瞬間，湘文突然覺得念榕詢問的語氣裡，有一種不知從何而來的悲憫，彷彿看透了甚麼。

她笑了笑，如實答道：「因為她想要。」

幾乎是立刻，念榕又接著問道：「那妳想要嗎？」

湘文的眼底閃過一絲驚愕，卻很快復歸平靜。她仔細端詳著念榕的臉孔，望見那雙清澈透亮，好似能看穿世間萬物的眼睛。

她不禁感慨道：「妳真是個敏銳的孩子。」

念榕收回自己的手，抗議起來：「我才不是孩子。」

湘文見狀，再次笑了起來。

「好，是我說錯了。」她相當乾脆地認錯，又吻了吻她的額頭，輕聲問：

「我們去洗澡？」

念榕一聽，旋即坐起身來，拉著湘文一同進了浴室。

隔週的中午，湘文仍在公司忙得不可開交，向瑋卻突然來了電話。湘文疑惑地將手頭的文件暫且擱下，接起手機。

「怎麼了？」

向瑋的聲音有些哽咽，「妳今天能準時下班嗎？」

湘文抬起頭，看著桌上排成好幾列的香水。

「妳的鼻音很重，感冒了嗎？」她不答反問。

話筒另一頭沉默了一會，隨後才又啟齒：

「我跟毅凡分手了。」

湘文聞言錯愕，好半晌都沒有回應。她知道，自從兩人開放關係以來，向瑋雖和不少人談過戀愛，可是交往的時日都不長，毅凡則是其中唯一的例外。向瑋甚至曾經安排過湘文和對方見面，只不過她想方設法推拒掉了，最終並沒有見成。

「怎麼會，妳上個星期不是還去他家過夜嗎？」湘文著實不解。

向瑋抽了抽鼻子，「等妳回來以後再說，好不好？妳今天可以準時下班，回來陪我嗎？」

湘文看了一眼電腦螢幕上的訊息通知。是念榕，這個時間她大概用完午餐回公司了，傳訊息來估計是要問她今晚想吃甚麼吧。

她遲疑一會，「好。晚點見。」

告知念榕今日有急事，晚上的約會得取消之後，湘文趕忙將手邊的工作趕至預定進度，下班時間一到便收拾東西，準備離開辦公室。起身之際，她不經意弄倒了前一週裝入遮光瓶裡的香水，翻倒的小小玻璃瓶沿著玻璃桌面滾動，隨即自桌緣跌落至湘文的辦公椅上。

湘文頓了頓，將遮光瓶拾起，輕輕打開蓋子。淡淡的辛香調氣息揉合古巴香脂的氣味，一點一滴滲入湘文的感官，令她不由得全身顫慄——經過這段時日的沉澱，那天與念榕在辦公室調和的氣味已經更加熟成，精油與精油間產生的複方作用，使其與酒精更加完美地結合在一起。這就是她要的味道。這就是存在於念榕身上，反反覆覆蠱惑她的味道。

她將那氣味擦抹在手腕，又把小小的香水瓶收進隨身包裡。

一到家，她便看見向瑋一個人靜靜地坐在客廳裡，桌上還擺著一盒面紙。她一面抽起紙巾抹拭淚水，一面又止不住地哭泣，不斷抽抽噎噎。湘文輕手輕腳走近她身邊，挨著她坐下。

向瑋仍舊啜泣著。湘文伸手輕撫她，卻在觸及她不停抖動的背部時，突然感到一股強烈的荒謬——她竟在安慰自己失戀的妻子。為了別人而失戀的妻子。

「別哭了。」她冷靜地開口，「妳先告訴我，發生了甚麼事。」

向瑋擤了擤鼻子。

「他……」她斷斷續續，「他說，他希望能跟我發展成一對一的關係。」

湘文愣了愣，卻仍不動聲色地觀察向瑋的表情。

「我告訴他，我可以承諾在婚姻以外只有他一個伴侶。可是他不要。他希望我離婚，希望和我共組家庭，希望與我一起生養小孩。但是我很早就跟他說過，自己是個已婚的人，我要找的，純粹是婚姻外的戀愛或性關係而已。」

湘文依舊沒說話，僅是抽起一張紙巾給她。

向瑋伸手接過，抹了抹淚，又繼續說：

「我們那晚一直在吵這件事，始終沒有共識。直到這幾日，我們才終於說好，這段關係就到此為止。」

湘文別過臉，靜靜地凝望面紙盒前方空蕩蕩的桌面。

她想起念榕。或許是因為年輕，也或許是因為她不過二十出頭歲，卻已過早地成熟，對於婚姻，念榕從來就沒有憧憬，也從未將婚姻視為神聖而不可侵犯的禮俗。即使在線上剛認識時，湘文向她表明自己已婚，是開放式關係的實踐者，她也沒有多加置喙。她唯一要考慮的，就是自己加入了這段關係之後，便要和另一人共同擁有湘文的感情。湘文還記得自己曾問過她，為何願意和自己走在一起。出乎湘文意料的是，她說，她反正也沒真的想過要和誰長相廝守——感情不就是這樣嗎——沒有走到最後，誰也不知道定局如何。有婚姻如是，沒有婚姻亦如是。從來就沒有一道坦途能讓誰一眼看到未來，輕易地便走到結局。

「花會開，」她彷彿聽見念榕的聲音在她耳畔響起，「花也會敗。發生在這個世上的一切，都是這樣一回事。之所以嚮往永恆，只不過是因為它不可能發生。」

湘文低下頭去，交疊手掌，支住自己的下頷。念榕的香氣隱微地飄進她的鼻腔，柔軟地包裹住她那曾經惶惑，如今已然靜定的心神。

她聽見自己猶如局外人般，沉著地問道：

「但妳對他還有感情，是嗎？」

向瑋頓了一會，點了點頭。

她哽咽地說：「和他分開……真的很難受。」

湘文收回自己的手勢，稍稍側身面對向瑋，伸手輕撫她的面龐。

結婚週年那一夜，她也曾像這樣，伸手輕觸她的臉。窗玻璃上有兩人的倒影，和萬家燈火重疊在一起，閃動著明滅不定。是在那一個晚上，她第一次從向瑋口中聽到開放關係這個字眼，一個字一個字折射在玻璃上，折射在無數聳立的高樓牆面上，再折射進她望著向瑋的眼眸底處。

非得要開放的關係，才稱得上透明、自由、安全嗎？湘文後來屢次思索，卻發現早在向瑋提出要求的時候，所有她曾經感覺自由的，安全的，一瞬間全都成了困住她的危樓，傾斜將頹，搖搖欲墜。她彷彿瞥見臺北城市的天際線，在窗面上變得破破碎碎。

但這一切，向瑋已經來不及知道。

也許在那一晚，她就應該強硬地拒絕向瑋。她心底清楚，發展到這一步，這段感情早已經名存實亡，尤其是當她明白，自己再也不能夠信任向瑋的時候——沒有了信任，所謂的開放透明，便失去了意義。她和向瑋，再也不是一個可以被指稱為「她們」的共同體，在這段早已無法被稱作關係的關係之中，她提早退場了，縮進了小小的、暗色的遮光瓶裡面，一個光透不進去，絕對稱不上透明的所在。

湘文收起自己的手，專注地看進向瑋的雙眼。隨後，她以帶著些許憐憫的口吻，輕聲問道：

「那麼，妳為甚麼不答應他呢？」

木棉

母校前的木棉花又盛開了。

筱翎走上天橋，越過了底下的車水馬龍。步行到另一頭時，忽然起了風，校門兩側盛開的木棉花遂隨風飄落，跌在她腳下的階梯上。她停下腳步，俯身拾起一朵橙紅木棉，拈在指間把玩。

考上這所高中前，她對學校最深的印象，就是門口沿著人行道種植的木棉樹。每到春季，木棉瑰麗的色彩就會染紅整座校園，吸引經過的行人多看幾眼。畢業後，對於這三年的高中生活，她最鮮明的印象也還是木棉——她和知瑾並肩走過的整排木棉。她記得那時知瑾總是在她身後，看著她追逐地面上不斷向前滾動的棉絮，當她回頭望去時，知瑾的臉上還總是掛著一抹微笑。

她笑得那樣好看。

像是傳統似的，在她們這所女校，每個年級總是會有幾個風雲人物，特別受同儕崇拜。當年知瑾就是其中一個。就讀高一的時候，筱翎便聽說過她的名字，同學提起她時，總是要提到她的外表——那麼瀟灑，那麼俊逸，身上雖有女孩子的清秀，卻又同時有著男孩子的雋朗。直到高二重新分班，選了文組，她才和知瑾當上了同班同學，真正地認識了知瑾。

在與知瑾相識之前，她從來沒有想過，自己會喜歡女生。她更沒有想過，有朝一日，自己竟會和女生交往。情竇初開之時，她暗戀的對象，多半是長相斯文、身形清瘦的男孩子。雖然她一向膽子小，無法鼓起勇氣拉近和對象之間的距離，青澀的單戀往往無疾而終，但她知道，自己傾心的對象，一直是異性。

可知瑾卻打破了她對自己的認知。

剛開學那天，分配座位時，她被安排在了知瑾前面。過去雖曾在走廊上和知瑾擦身而過，可直到同班了，她才第一次清楚地看見她的面貌：她有著立體五官，最為顯眼的，是那雙圓潤、彷彿藏匿千絲萬縷心緒的眼睛；皮膚在太陽光下，會呈現溫暖的淺麥芽色；蓄著一頭男孩子氣的短髮，髮色則是純淨的黑。她的身形纖瘦，身量卻高，沒意外地就被安排在教室最後方的座位。而筱翎雖然不矮，就坐在她前面，可與她相較之下，卻還是有著不小的身高落差。

見到知瑾的當下，筱翎第一次覺得，帥這個字眼，原來能用來形容一個女孩子。

近距離地朝夕相處下，兩個人漸漸打成了一片。早自習前，她們和幾個要好的同學一起打球，下課時一起去逛福利社，中午一起吃飯，放學後還一起趕補習班。從早到晚，她們幾乎寸步不離彼此。

升上高三的暑假，當她們從學校的K書中心離開，一同外出用餐時，知瑾牽著她繞進了校區旁的小巷。濃密的木棉樹樹蔭籠罩整條巷子，白亮的陽光從樹冠間的縫隙灑下，彷彿陰影中落下的無數細碎星子。

知瑾在巷子裡停下腳步，轉身面對她。她背後是學校的圍牆，眼前則是知瑾灼熱的目光。對上知瑾的視線時，她不由得心跳加快，直到知瑾鬆開牽著她的手，一步步逼近她，促使她往後退，整個人的背都貼上涼冷牆面時，才低下頭，輕輕地吻上她。

女孩子的唇瓣，原來這麼柔軟。她沒有想像過自己的初吻會是這樣的。沒有想像過她的對象會是這樣的——對方竟是個女孩子，而不是男孩子。

在她發現自己對知瑾心動，對她有好奇、戀慕、渴求甚至佔有慾的時候，她曾經感到慌張不已。那時，她不斷提醒自己，知瑾是女生，不是男生。她渴望的對象，一直都是男孩，她害怕自己只是誤將知瑾認作了男性——那樣一來，無論是對她或者對知瑾，都不對，都不公平。

可是她沒有辦法克制自己。她的眼光總會不由自主地跟隨著知瑾。在課業壓力繁重的高中生活裡，每一日能支撐著她走進校園、走進補習班的，就是與知瑾共處的時光。升學制度是苦的，考試也是苦的，而唯有知瑾，唯有與知瑾有關的一切，是她生活裡的蜜糖，甜得她不忍割捨——她知道一旦捨棄了，現下的生活就會變得比原先還更苦澀，更不堪忍受。

在兩人相識半年之際，知瑾曾問過她，有沒有談過戀愛。

她誠實地搖頭。

知瑾似乎有些踟躕，沉默一會後又問她，是否曾經喜歡過任何人。

她抬起眼，看向知瑾的側臉，據實以告：

「有。國中時暗戀過同班同學。」

這次知瑾倒沒有停頓，即刻便問：「是男生嗎？」

她點了點頭，偷偷地觀察著知瑾的表情，卻沒看見她臉上有任何變化。她原本以為知瑾會繼續試探，確認她能不能接受女生，可知瑾只是停留在這裡，沒有繼續追問下去。

她反問知瑾談過戀愛沒有，而出乎她意料地，知瑾相當坦率地點頭。

「妳記得上學期，有個女生經常來找我嗎？」

筱翎記得。那個女生和她們不同班，可是筱翎對她的印象很深——她長得很漂亮，是一眼就能吸引人目光的類型。

「她是我前女友。」知瑾說。

筱翎愣了愣。

是在那一刻，筱翎才發現自己原來會吃知瑾的醋。她心中總不自覺地拿自己和知瑾的前女友作比較，也會拿知瑾對待兩人的差異作比較，這樣的心態有時候太過強烈，不豫的面色藏都藏不住。而注意到筱翎的心情變化時，知瑾卻似乎顯得很高興，甚至開口安慰她，要她不必和對方相比。

筱翎當時氣呼呼應道：「是不用比較，反正我也不是妳的女朋友。」

聽見她這麼說，知瑾反倒開心地笑了起來。

「現在一直和我在一起的人是妳啊，筱翎。」

知瑾一面說，一面笑著拉住她的手，手指穿過她的指縫，牢牢地扣住。見知瑾對她撒嬌，她很快也消了氣，跟著笑了。

兩個人在升上高三的暑假在一起，之後又考上同一所大學。雖然現在已經升上了大三，她們偶爾還是會和幾個要好的高中同學相約，回學校和老師聚一聚。有時其他同學赴不上約，她們兩個人便自行前去。

而今天回學校的，只有筱翎自己一人。

走進校園，筱翎筆直地越過了穿堂。走出眼前這棟大樓之後，循著操場跑道，慢慢踱向右手邊的教學大樓。操場上沒有遮蔭之處，午後的陽光直射跑道和中央球場，刺眼得令筱翎瞇起了眼睛。她遠遠地看著球場上，上體育課的學妹正在組隊比賽。

她想起來，在那年發現自己喜歡上知瑾後的隔日早晨，她找藉口躲掉了一次早自習前的練球之約。她比平常還更晚才到學校，一走進教室，就發現知瑾張望著門口，四處顧盼。

她向來是不失約的，只要是知瑾在的場合，她就一定會出現。那是她唯一一次無端地負約，可就這麼一次，知瑾便問她，為甚麼沒有出現，又擔心地追問她，是不是發生了甚麼事。

她隱隱約約感覺到知瑾的緊張和在乎，可是她不能也不敢承認，索性當作自己想多了，甚至催眠自己：這一切不過是她的錯覺罷了。

後來，是師長察覺了她的異狀，問起她，她才終於坦言自己的苦惱和困惑——苦惱於她似乎愛上了自己的好友；困惑於，她從來沒有喜歡過女生，而這樣的事，又怎麼會發生。

她還記得當年面對老師時，她說，她很害怕。她不知道自己是不是同性戀。

那個時候，師長給她的回應，不是苦口婆心地勸她專注於課業，切莫分心，也不是武斷地認定，她的狀態不過是所謂的「假性同性戀」——身處於全同性的環境下才會浮現的性傾向——而要她就此打住。沒有，都沒有。師長只告訴她，她還很年輕，不用急著定義她自己。她不用急著判斷自己是誰。

筱翎聽懂了。她給予自己時間，也給這段關係時間，緩慢地摸索試探，漸漸地和知瑾走到了一起。可如今，她本以為已經確定了自己是誰，卻又因為知瑾的緣故，再次茫然起來。

筱翎低下頭，將手裡那朵木棉花小心翼翼地收進背包，才搭上教學大樓的電梯，直達位於高處的高三教室。沿著走廊，她緩步走到幾年前和知瑾就讀的班級教室外面。走廊圍欄一側依然種植了整排盆栽，她還記得那時候，她和知瑾總是會搬開那些植物，倚靠著欄杆，坐在地板上吃午餐，天南地北地聊。有時看見認識的人從底下走過，知瑾便會喊住對方，遙遙地向對方打招呼。在那樣的時候，知瑾總是笑得格外燦爛。

知瑾笑起來的時候是最好看的。大大的眼睛瞇成了線，兩邊嘴角揚成迷人的弧度，彎彎的，像一個簇新的月牙。偶爾有風襲來，她的純白制服隨之鼓脹飛揚，從那略微透光的上衣，還能看見知瑾若隱若現的身體輪廓。這麼些年過去，她確信自己就是喜歡知瑾這副樣子：她有著些微隆起的胸脯、纖細的骨架、明顯的腰部曲線，這些，都是女性身體獨有的特徵。

這麼多年。這麼多年她一直和知瑾在一起，喜歡她身上所有的女性特質，她逐漸釐清，過去那些對男孩的渴慕，或許，都只是她自己的想像和投射。她愛著知瑾，女性的知瑾，千真萬確，和知瑾相處越久，她對這點就越有把握。

可知瑾卻從來都沒有問過她，喜不喜歡女孩子。她也沒有問過她，和女生在一起，是否會感到茫然無措——明明知瑾知道，以往她暗戀的對象，全是男性。

她應該要察覺到的。早在高中的時候，知瑾就已經懷疑起自己是誰；當她懷疑自己所愛的究竟是甚麼性別的時候，知瑾懷疑的，卻是她自己。直到這幾年過去，知瑾才終於確定，也才終於告訴她，她認為，自己並不是女性。

她曾經為了知瑾是女性而掙扎，卻沒想到後來，她會為了知瑾不是女性，再掙扎一次。

高中畢業後，升上大學之際，知瑾身邊結交的新朋友，大部分都是男性。

他們之中有同性戀，也有異性戀，有時筱翎陪著知瑾和朋友聚餐，總感覺那氛圍和高中時的聚會大不相同，充滿了異性之間的拉扯和張力。她很意外，離開了純女性的環境，原來知瑾能適應得比她還來得更好——她本以為知瑾會和她一樣，即使上了大學，相處的同儕仍是以同性為主。

後來她才發現，知瑾之所以能適應，是因為和那些男性互動的時候，她的舉手投足，竟也有些男人味。而那些男性友人，相處時也多半將知瑾視為同性，而非異性看待。

「妳有注意到嗎？」她曾試探性地問知瑾：「他們好像都把妳當男生看，和妳在一塊，就像和哥兒們相處一樣。」

知瑾點頭，說她知道。

「不會覺得不自在嗎？」她又問。

「還好，」知瑾答道：「和Ｔ相處，我反而比較不自在。」

筱翎有些詫異：「是嗎？」

知瑾嗯了一聲。

「我覺得自己和她們不太一樣。」她說：「雖然我說不上來是哪裡不一樣，但是被她們認作同類，我感到很彆扭。」

筱翎沒有立刻接話。猶豫幾番，她才再次啟齒，問道：

「那麼，妳覺得自己是甚麼？」

知瑾停頓了好一陣子。

「我不知道。」

筱翎慢慢走到走廊盡頭，搭上電梯，下了樓。穿出教學大樓之後，她越過操場，經過專科大樓，從學校後門離開。她直覺地往右拐，抵達巷口，才又停下腳步，望進樹蔭之下，那條光影錯落的小巷。

那年，知瑾就是在這條巷子裡第一次吻她的。她記得後來，自己又伸手環住知瑾，緊緊地抱住她。她將自己的臉埋在知瑾的肩窩，貪婪地嗅聞她身上好聞的味道，是那樣的溫度、那樣的氣味，令她癡纏繾綣許多年。她沒有辦法想像，倘若有一天，知瑾身上的味道變得截然不同，她是否還能接受。自從和知瑾交往後，她發現自己對男性身上的氣味越來越反感，或許再不能接受男性身上分泌的荷爾蒙——那些本為吸引而生的化學物質，對她而言再不管用，反而帶來反效果。

可是，知瑾卻堅定地告訴她，她想做ＨＲＴ。透過注射，增加體內的雄性激素，改變自己身上的荷爾蒙比例，發展出男性化的身體。

先是平胸，再來是ＨＲＴ嗎？一年前，知瑾下定決心要做平胸手術時，她花了好一段時間才漸漸調適——儘管知瑾總是穿著束胸，兩人交往的這幾年，知瑾也從來不讓她看見自己赤身裸體的樣子，可是筱翎還是感覺，知瑾正透過手術，割捨掉自己身體的一部分。筱翎無法不覺得，知瑾在破壞自己唯有的一副軀體，就像是在破壞她自身的存在一樣。

可是知瑾說，那不是破壞，而是形塑。做了這項手術，才能形塑出她想要的身體。過去筱翎並不知道，原來這副女性的身軀，這副令她惶然地自問性向許久、總算覓得解答的身軀，竟令知瑾如此不安。

她在那一刻突然理解，為甚麼知瑾在她面前，從來不肯脫下身上的衣物。

她記起兩人第一次做愛時，自己被知瑾剝得一絲不掛，可直到結束之際，知瑾卻仍衣著完好，無論是上衣還是長褲，都齊整地穿在身上。之後的每一次，儘管她試著脫下知瑾的外衣，也試著取悅對方，但無論如何，知瑾就是不肯讓她真正地碰她。

在知瑾動了平胸手術後，筱翎才第一次看見知瑾赤裸的上身。知瑾的身材纖細，胸部也不大，醫生為她做了微創手術，手術切口僅有乳暈半圈，抽除乳房、摘除乳腺，最後進行縫合。引流管拆除後的第一晚，她謹慎地替知瑾擦澡，拆下她身上的束衣，再避開胸前的傷口，輕輕地為她擦拭肌膚。

知瑾的胸口，確實，已經是平坦的了。替知瑾擦拭後背的時候，她的手不自覺地輕輕顫抖，像是身體裡有甚麼正劇烈地起伏，無法壓抑，無法平靜。

她放下手，為毛巾換水，知瑾卻伸手抓住了她的手腕。

知瑾淡淡開口：「如果覺得傷口噁心，我可以自己來。妳不要勉強。」

不要勉強甚麼呢？筱翎搖搖頭，拍了拍知瑾的手背，鬆開她的手，繼續為她擦澡。

浴室安靜下來，只剩下兩人輕微的呼吸聲，還有她擰毛巾時滴落的水聲。

擦完後背之後，她才回應道：

「不是因為噁心。是覺得痛。」

覺得痛。看見傷口，她彷彿感覺到知瑾身上承受的痛楚，所以她痛。知瑾毅然決然地拋棄掉身上不要的部分，那個她曾經連著知瑾一起愛進去的部分，這樣的捨棄，也令她疼痛。

筱翎繞到知瑾面前，為她覆上紗布，穿上束衣。知瑾坐在原地，輕輕地將頭靠在她的胸口，沒有說話。

當她問起知瑾，為甚麼非做HRT不可時，知瑾告訴她，唯有如此，她才能徹底要回自己的身體——男性的身體。她說的是要回，而不是變成。所謂的變成，畢竟只是外界的看法，也是一種易於被他人理解的說法。她知道自己不是女性，也不認為自己是女同性戀，摸索許久，才知道自己原來隸屬於男性的社群——也就是一般人口中的異性戀男性。她只是花了比別人更長的時間，才找到自己是甚麼，而不是到了某個時間點以後，才決定自己要變成甚麼。

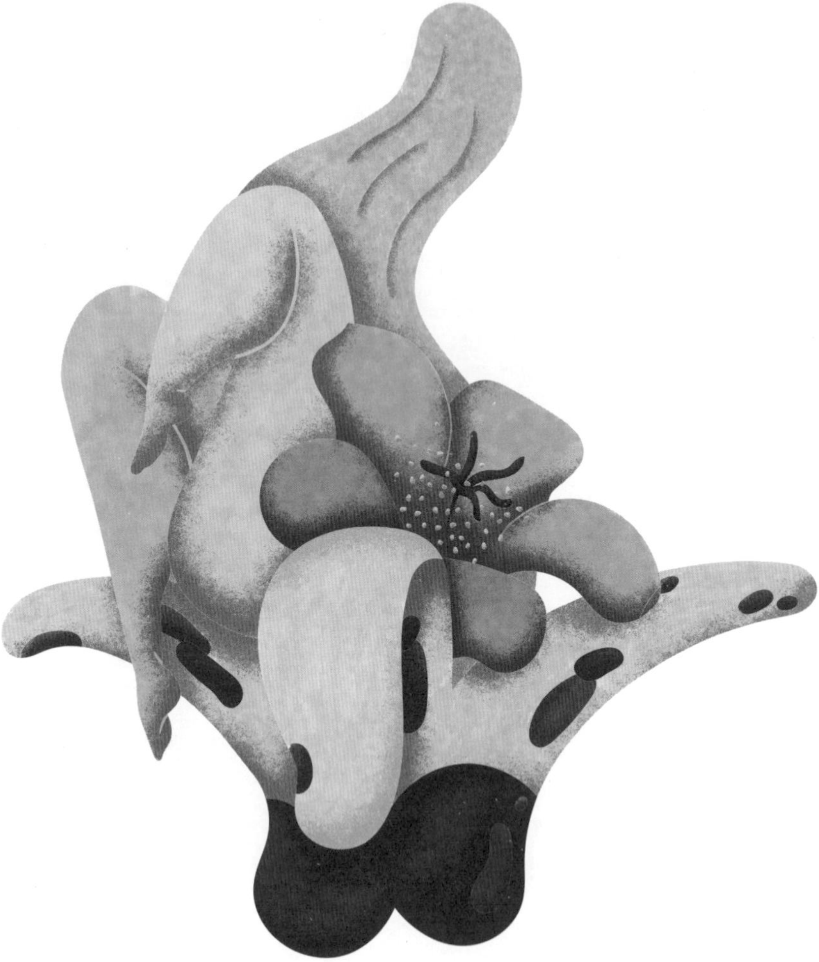

她本來就是，只是她後來才知道。

既作為男性，平胸手術便遠遠不夠。她身上還是充滿了女性的特徵：她的皮膚細緻，體味清淡，腰線明顯，體毛稀缺。而且，她還有月經。

知瑾饒富耐心地向她解釋。筱翎坐在原地，呆愣了許久。如果摘除胸部是一種形塑，而非破壞或剝奪，那麼透過ＨＲＴ拿掉女性的生理特質，換成男性的，這樣的過程，又算是甚麼呢？她無法將之同樣理解為形塑了。

她覺得自己所認識的、所愛的知瑾，會透過體內荷爾蒙的變化，一點一滴消失。知瑾還是知瑾，但是她身上的氣味不會再相同，聲線不會再清越悠揚，身體的線條也將不會像現在這樣，玲瓏而圓滑。當她未來再抱住知瑾的時候，她感覺到的，不會是以往的柔軟，而是更多的堅實和剛硬。她感覺那其實是一種抹去，一種取消——抹去存在過的知瑾，也取消她認知中的知瑾。

她為此害怕起來。她不知道知瑾變成那個樣子以後，自己是否還會愛她。可是，她又不禁想，過去她那麼信誓旦旦地說自己愛知瑾時，她愛的又究竟是甚麼呢？她是因為先愛上了知瑾，才漸漸喜愛女性的身體嗎？還是，一開始吸引她的，就是知瑾身上的女性特質呢？知瑾這個人的存在，和她身上的女性性徵，是可以分開來看、分開來愛的嗎？而在知瑾不再是女性之後，倘若她依然確信自己愛著知瑾，那麼，她是繼續愛著同一個人，還是重新愛上了新的人呢？

她有太多太多的惶惑，太深太深的迷惘，卻找不到回應之道。而這些，知瑾也不能給她答案。

她走入巷子。掉落的木棉花鋪滿了狹窄的巷弄，彷彿一條溫暖的織毯，從巷子的入口一路綿延到最底。她仔細地留心腳下，挑著落花與落花之間的縫隙踩下步伐。猛地一陣恍惚，她抬起臉來，剎那間以為知瑾的身影就在眼前，定了定神，才發覺是自己一時眼花，錯看了。

在她們就讀高中的最後一個學期，開學後不久，這條巷子就如同現在這般，滿地都是繽紛落英。那時，知瑾就走在她的前頭，牢牢握住她的手，兩人像是玩跳房子一般，輕快地躍過滿地的木棉花。學測已經放榜，兩人的成績能如願申請到同一所學校，她的心情正如她們的腳步一樣輕快，對未來充滿了期待。

她已經想好了。儘管總有人畢業後就分手，扭頭走回異性戀的世界，但是她已經做了決定：她不願意和知瑾分開。她不介意她是女生，只要兩個人能繼續在一起，她不介意自己是別人口中的同性戀。如果同性戀的路注定不能平坦，勢必會遇到作為異性戀永遠不可能遇到的阻撓和困難，那麼就來吧。只要可以像這樣，一直牽著知瑾的手，只要身邊一直有知瑾在，她就不怕。

她是這樣為知瑾下定了決心的。就在她還只是個高中生的時候。

可是幾年以後，當知瑾告訴她，她要做HRT，還要繼續動手術時，她卻退卻了。

她說她害怕，怕不能愛作為男性的她。說這話的時候，她看見知瑾眼眶漸漸紅了——她彷彿聽見知瑾沉默的背後，痛苦卻又輕聲地寬慰了她一句：我能了解，妳不要勉強自己。

她知道，知瑾總是不願意她勉強。當初決定和知瑾在一起，她並不覺得為難，即使她意識到，自己會因為這樣而成為同性戀，走上一條離經叛道的路，那也不能使她打退堂鼓。可是這次，在知瑾改變自己以後，她真的還能繼續愛她，而不會覺得勉強嗎？她曾經為了知瑾而決定做一個同性戀，現在她也能為了知瑾，做回一個異性戀嗎？她能說服自己，去愛男性的身體嗎？那副與她迥然有異，她曾經好奇、想像，卻從來不曾真正認識和親近的異性身體……

筱翎步出巷子。下課鐘聲頓時響起，她緩步踱回校門口，在樹下的公車站牌前坐下。溫和的晚風徐徐拂來，她看見學妹們放了學，成群結隊地從門口湧出，站到她面前，背對著她，一面和身邊的同學吱吱喳喳地聊天，一面伸長著脖子，觀望從不遠處駛來的一班班公車。前往補習街區的車次還是同樣的那幾班，她看著好幾個學妹招手，人群簇擁著上了公車，一瞬間將空蕩的車廂擠得水洩不通。

還是那麼擁擠。筱翎記得那時兩個人一起趕補習班，還沒那麼熟悉彼此的時候，知瑾就會拉著她的手一起上車，到了車上又會用高過她的身體護著她，避免她在搖搖晃晃的公車上摔跌或擦撞。或許正是這些舉動，使筱翎逐漸對知瑾動了心，意識到兩人之間，似乎並不只是朋友——在那樣的時刻，她曾經意識過知瑾的性別，是男是女嗎？

忽然間，她聽見一道聲音喊著她的名字。循著聲音的來源望過去，她看見一張熟悉的面孔正站在不遠處，懷中抱著一疊文件，似乎剛要走進校門口。那是當年她發現自己愛上知瑾時，覺察了她的異狀、與她相談的老師。筱翎坐在原地愣神了一會，才趕忙站起身來，走向對方。

「老師。」她打了聲招呼。

「今天自己一個人來？知瑾沒和妳一起？」老師溫和地開口，同時邁開步伐走進學校。

她搖了搖頭，跟在師長身後。

看著師長的背影，她想起了四年前的那一個午後。想起那一個迷茫地向師長吐露心事的自己，想起自己懵懵懂懂的情狀，想起自己的青澀。在師長眼中，當年的她自是一個還不夠成熟的孩子，她甚至還沒有成年。可若是現在這個年紀，師長還會告訴她，不用急著定義她自己嗎？

她可以像這般徬徨無措到甚麼時候？

「老師。」她輕聲喊道。

走在前頭的師長停下了腳步，轉過身來看她。

「我記得有一次，您跟我說過，」她頓了頓，「我還很年輕，不用急著判斷自己是誰。」

老師略略思考了一會，又輕輕頷首。

筱翎接著問道：

「那您覺得，要到甚麼時候，才有辦法完全定義自己？」

師長的指尖輕輕點在手上的文件夾，似有若無地敲擊著節奏。

「也許我說錯了，」片刻後，師長微微偏著頭，笑道：「定義自己和判斷自己，與年不年輕無關。無論到了幾歲，我們總會在某些選擇的時刻，再一次看見自己的本心，重新認識自己是誰。」

筱翎一聽，愣愣地站在原地。

倘若師長說的是對的，那麼言下之意便是，我們從來不可能真正認識全部的自己。也因此永遠不可能清楚地定義自己，堅定地確信自己是誰，而後一輩子筆直地這樣走下去——正如同當年對知瑾初生情愫時，她對自己的認知本是異性戀。她從來沒想過自己會像今天這般，理所當然地認為自己是同性戀。她知道，那時的她也曾有過惶惑。彼時的惶惑，難道竟會亞於如今的惶惑？不，她不認為是如此。然而此刻，她卻為了甚麼而退卻？為了不想再推翻她對自己的認知？為了不願看見生命的本質，實是不斷地流動與轉變？

可是有沒有可能，她的抗拒，只是一種便宜行事，一種惰性。她想保有的對一切的認知，並非她自己、也絕非知瑾真實的樣子。或至少，那不是生命真實的樣子。

思忖之間，她的口袋忽地傳來震動。她從中拿出手機，看見與知瑾共用的行事曆發出了行程提醒——一項她本就知道，卻遲遲不敢面對的行程——晚上六點，知瑾安排了身心科的初次變性諮詢與評估。

這是她要面臨的選擇。在最後一刻，她再也沒有時間猶豫，必須立刻決定去或不去——可是為甚麼，她自問，為甚麼一定要將每件事情都想得那麼清楚呢？為甚麼一定要想得那麼透徹那麼毫無疑義，才敢去做決斷？要是事情本身就是朦朧不清的，生命本身也是朦朧不清的，唯有當下隨心做了抉擇、選了路，等走過了這一段，回頭再看，才能看明白這一切的意義，那麼此時此刻，她又怎麼可能想得通透？她身處在現在。她不在未來。

筱翎趕忙收起手機，匆匆忙忙和師長道了別，便轉身奔出校園。她以最快的速度趕到醫院，又急急忙忙地跑進大廳。大廳裡頭仍有許多人來來往往，掛號處和領藥處前方都坐滿了等待的人，櫃台上方的號碼亦不斷跳號。她環顧四周，找到樓層位置示意圖，確定身心科所在位置，又依循圖示搭上電梯，抵達三樓。

電梯門一開啟，她便快步走了出去。她對了一下時間，六點零五分，不知道知瑾是不是已經進了診間。行事曆上沒有寫明她看的是哪位醫生的診，也沒有記下知瑾掛到的號碼。倘若知瑾已經進了診間，她便只能坐在外頭等待。

她一時懊悔了起來。無論最後她和知瑾究竟會如何，至少此刻，現在，她唯一能確定的，就是自己仍願意陪著知瑾，一同度過這些改變的時刻，和她一起面對這些改變將帶來的不適與陣痛。像今天這樣的日子，她本該和她一同待在家裡，等著時間逐漸接近，陪著她出門，再一起走進診間——就像過去那麼多年，事情不論大小，她們總是會陪伴彼此，即使從來沒有說出口，她們也有著心照不宣的默契，知道無論如何，對方都會守在自己身邊，不離不棄。

筱翎加快了腳步。趕到身心科診區時，她俯下身稍作喘息，抬起頭一看，才發現知瑾還坐在等候區，低著頭，一副若有所思的樣子。

她立刻朝知瑾奔去。聽見聲響，知瑾這才抬起頭來，看見筱翎氣喘吁吁地站在她面前，滿臉通紅。

她愣愣地看著筱翎，沒作聲。

「對不起，」筱翎向她道歉：「我來晚了。」

知瑾看著她，隨後揚起一抹笑，搖搖頭。那個笑容，正如同多年前筱翎初識她時，在她臉上看見的微笑——大大的眼睛像慵懶的貓一樣瞇起，嘴唇的弧度彎成一道新月，像是能散發出盈盈月光似的——知瑾笑起來，還是那麼好看。即使以後的身體不再柔軟如斯，她笑起來，一定也還是像現在這副模樣吧？

知瑾身上，是不是還會有甚麼，總會有甚麼，是她愛著，而且也永遠不會消失的呢？

「我以為妳不會來了。」

知瑾看著她，輕輕地拉起她的手指。

她衝著知瑾笑起來，搖搖頭，又坐到知瑾身邊。她拉開背包拉鍊，捧起裡頭審慎收好的木棉花，輕放在知瑾的掌心。

知瑾的眼裡閃過一絲訝異。她抬起手，一面細細端詳，一面輕撫那朵木棉花的花瓣，橙紅的色澤猶如徐風拂過火焰般，隨之微微躍動，將她的臉映得如初生嬰孩般一樣嬌嫩，一樣紅。

「妳回學校去了？」知瑾抬起頭問她。

她點了點頭。

「下午經過，就回去走走。」她笑著說。

知瑾靜靜地看著她，沒有說話。

須臾，身心科三診的看診號跳到了知瑾的號碼。護士推開門，在前一位病患離開後，又對著等候區喊出知瑾的名字。知瑾站起了身，又稍稍回頭，一手輕捧著木棉花，另一隻手則攤開來，伸向筱翎。

筱翎對上知瑾的眼光。她輕輕笑起來，搭住知瑾的手，和她一同走進了診間。

沒有女人的女人們

作者……溫泠
責任編輯……鄧小樺
執行編輯……余旼憙
文字校對……周靜怡
插圖繪畫……吳郁嫻
封面設計及內文排版……吳郁嫻

出版……二〇四六出版
發行……遠足文化事業股份有限公司（讀書共和國出版集團）
社長……沈旭暉
總編輯……鄧小樺
地址……103 臺北市大同區民生西路 404 號 3 樓
郵撥帳號……19504465 遠足文化事業股份有限公司
電子信箱……enquiry@the2046.com
Facebook……2046.press
Instagram……@2046.press

法律顧問……華洋法律事務所　蘇文生律師
印製……博客斯彩藝有限公司
出版日期……2025 年 6 月初版一刷
定價……380 元

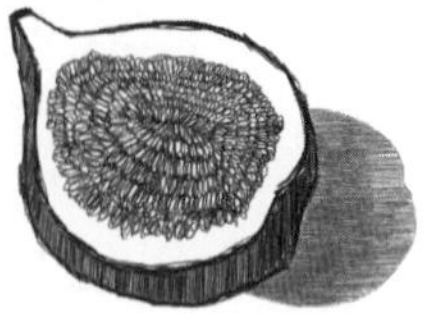

✧本書獲文化部 112 年青年創作獎勵

ISBN 978-626-99714-1-1

有著作權・翻印必究
如有缺頁、破損，請寄回更換．
有關本書中的言論內容，不代表本公司／出版集團的立場及意見，由作者自行承擔文責

沒有女人的女人們｜溫泠作｜初版｜臺北市｜二〇四六出版｜遠足文化事業股份有限公司發行｜2025.06｜272 面｜14.8X21 公分｜ISBN 9786269971411｜平裝｜863.57｜114006656